# 皇家品位

## 皇家品位丛书总序

# 装点生活

生活品质品位的外在形态往往表现于对生活的修饰装点。

追求品位者讲究生活的艺术，讲究艺术的生活。

皇家生活中的修饰装点不一定最具艺术品格，但毕竟有独尊与专享的权力，可以把那个时候所能找到的最好的材料，最好的工艺、艺术，甚至最好的工匠、艺术家集中服务于皇家生活的修饰装点。

故宫博物院150万件藏品中与皇室日常生活密切相关的物器，多为一般人见所未见、闻所未闻的奇珍异宝，这些凝结着历朝历代能工巧匠们的聪明智慧与创造性劳动的历史遗存，既是修饰装点往日生活的见证，也可做修饰装点今日生活的借镜。

太多的藏品无法一一展出，故请日日年年守护这些珍宝的故宫专家分类别按专题整理研究，组合相关知识，编纂成册，陆续出版，供同好者把玩，供收藏者品味，更供艺术生活的设计家涵养创造的灵感，亦供装饰形象检点心情追求生活品位者会心会意。

想不出更好的名称，就叫做“皇家品位”丛书吧。

李文儒

皇家品位

# 觞咏抒怀

## 故宫博物院藏古代酒具

◎胡建中
◎马季戈

紫禁城出版社
The Forbidden City Publishing House

觞咏抒怀

# 目次

## 觞咏抒怀

# 故宫博物院藏古代酒具漫说

·故宫博物院素以收藏文物数量巨大、品类繁多、品质精良而著称于世，并雄踞于世界博物馆之林。这些藏品中蕴含着丰富的政治军事、经济文化、外交礼仪、社会生活等内涵，如何将它们发掘出来，更多地为世人所了解，如何将它们组织起来，更好地服务于观众，使广大参观者尽可能多地了解故宫的珍藏，了解古代历史文化的深厚积淀，成为故宫展览展示工作的一个重要课题。

·近年来，故宫博物院通过一系列具有专题性、文化性的特色文物展览，为解决这一课题进行了多方面的尝试，并取得了一定的成绩，逐渐形成了系列化专题特色文物展览的运作模式。这种选题思路与展览的实际效果都得到了社会各界的广泛关注与认同。二〇〇四年我们组织了以古代酒具为专题的故宫第六届特色文物展，深受广大观众的喜爱。为此，我们在展览的基础上，对部分展品再加以选择筛选，去粗取精，同时增加一些虽为院藏，但未在展览中出现的酒具精品汇编成书，以期使更多的观众得以了解故宫藏品的丰富内涵与精彩个案。

·酒是远古先民们发明的一种饮品，自古以来就有禹臣仪狄造酒、杜康造酒和猿猴造酒诸说流传于世间。自酒产生后，千百年来伴随着社会的发展，生生不息，根植于社会生活的方方面面。远古之酒，今已难觅，虽有少量出土，也已非本来面目，然而盛酒、饮酒之器，却历千百年而流传下来，为我们今天发思古之幽情，忆觞咏之雅兴，提供了重要的参照物。因此，酒具已不单单是实用之器，同时承载着深厚的文化积淀，认识历代酒具的发展演变，无疑对酒文化研究大有裨益。

·这本书是在展览的基础上编撰而成，我们按照大的历史分期将其分为五个部分，第一部分选新石器时代陶质酒具数件，管窥远古时期酒具初始阶段的形态；第二部分以商周秦汉时期的青铜、陶质酒具来说明这段中华璀璨文明发轫与滥觞之期酒具的发展状况；第三部分展示魏晋隋唐时期瓷质酒具和金属质地的酒具；第四部分撷取宋元时期颇具时代特征的瓷质酒具以及最具代表性的元代银质酒具；第五部分遴选明清时期金属、料、竹、木、牙、角、匏器、玉器以及珐琅、陶瓷等多种材质和不同工艺的酒具，以折射出明清时期中国酒具发展的多样性和艺术水准。

·这里选用的文物从新石器时代到清代晚期，跨越数千年历程，虽不能说面面俱到，但也洋洋大观，基本上勾画出中国数千年酒具发展的辉煌历史。

# 远古时代酒具的雏形

（约十万年——四千年前）

· 远古时代，酒作为一种饮料逐渐被人们认识发明，盛用和贮藏它们的容器也就随之应运而生。尽管我们目前所见的这些器物不能推断必为当时的专用酒具，但其用于盛放和饮用液态物质的功能却完全可以认定。由于当时社会生产力普遍低下，酒器与水器的使用界线难以截然分开。早在新石器时代各文化类型中就有饮酒的杯子和存贮酒用的瓶、罐等器物被发掘出土，从造型上看，已与后世饮酒所用杯、瓶、罐等颇为相似，可视为此类器型的早期形态。

· 本书收录的「龙山型黑陶杯」、「黑陶高柄杯」已直观地显示出其饮用功能，以当时的历史背景推理，这种具有很高工艺水平的器物应该不仅仅是用来饮水的。以我们目前对当时饮品的认知，除酒之外似乎没有其他更为珍贵的饮料了。「龙山型黑陶杯」与我们今天所用的把杯极为相似，它的胎体轻薄，陶质细腻，体现出当时最高的制陶工艺水平。而「黑陶高柄杯」的造型与现今仍然在使用的高脚杯非常相像，它的杯身瘦高，敞口，杯身略收束，杯柄上下略收，中间稍凸，并以四圆孔作为装饰，圆底。整件器物无华丽纹饰，但陶质精良，做工精美，显露出早期器物朴实无华的特征，也为后世酒具以及其他器物类型的发展奠定了基础。

· 「齐家型红陶双耳罐」和「马家窑型彩陶瓶」都是用于盛放液态物质的器皿，视其为盛放酒液的器皿也无不可。通过这些器物，我们可以领略数千年前先民们的生活状态，尤其是先民们饮用酒类饮料的大致状况。

## 商周秦汉时期的酒具

（公元前十六世纪——二二〇年）

·商周秦汉跨越了中国历史上一个漫长的时期，见证了奴隶制社会由初始阶段走向繁荣，继而衰落的过程以及封建社会制度的开始。这一时期社会生产力不断发展，中国社会步入了青铜时代和冶铁时代，随着酿酒业的不断发展，酒具的生产与制作也走向了繁荣，青铜酒具是其代表，无论是器型的丰富多样，还是功用的清楚划分都较早期有了非常明显的变化，可以说这一时期是中国酒具的定型时期。

·这一时期的酒具从质地上来看，主要有陶质和青铜质地两种。陶质酒具风格简朴，但其造型已较新石器时代的酒具复杂，像商代的「灰陶爵」，商代的「陶觚」就属于早期陶质酒具的典型。它们在造型上已经与青铜酒具中的爵和觚非常相似，但在装饰性纹样的使用上则较青铜制品逊色很多。在商代，由于酿酒业的发达，青铜器制作技术提高，中国的酒器达到前所未有的繁荣。当时的职业中还出现了「长勺氏」和「尾勺氏」这种专门以制作酒具为生的氏族。商人好酒，帝王将相、祭祀庆典无不爱酒、用酒，而青铜铸造业的发展，也为这一好酒之风推波助澜，使商代青铜酒具制作水平得以大踏步地提高。

·周代统治者有鉴于商代人饮酒误国的惨痛教训，对酿酒采取了一定的限制措施，因而周代的饮酒风气远不如商代，但在许多重要的场合仍然要使用酒，因而酒器的制作并未中断，且基本上还沿袭了商代的风格。在周代，也有专门制作酒具的「梓人」。并且随着礼制的进一步完善，周代的酒具制作更加精美细腻，器型也更加丰富，在酒具使用制度上也更加趋于完善，可以说青铜酒具至此已发展到顶峰。至春秋战国乃至秦汉，青铜酒具就渐渐退出主流地位，而为其他材质的酒具所取代。

·最早的铜制酒具为二里头文化时期的爵，它的制作年代相当于中国的夏代。青铜质地的酒器在商周时期达到鼎盛，早期与水器难分的状况已经从根本上得以改变，酒具的用途已经基本上是专一的。青铜酒具从大的功能上可以分为实用器和礼器两大类，而在具体使用中又有非常复杂的规则。据《殷周青铜器通论》所说，商周的青铜器共分为食器、酒器、水器和乐器四大部，共五十类，其中酒器占二十四类。青铜酒器按用途可分为煮酒器、盛酒器、饮酒器、贮酒器。形制丰富，变化多样。

·盛酒器类型很多，主要有尊、壶、斛、觥、瓮、瓿、彝等；饮酒器主要有觚、觯、角、爵、杯等。每一种酒器又有许多式样，有普通型，有奇特型，如取动物造型。以尊为例，有象尊、犀尊、牛尊、羊尊、虎尊等等。相比较而言，贮酒器在形式上就相对简单一些，像战国时期的「嵌赤铜象纹五环带盖壶」就属于大型的贮酒器，器身有铜环，可以穿绳，比较便于运输搬运。此外，勺也是酒具中比较重要的一个品种，它是酒宴上必不可少之物，其作用与酒提相仿，是从大型盛酒器中舀取酒液，并注入爵、杯等器，以便于饮用。战国时期的「鸟形勺」就是非常精美的此类器物的代表。

·在参加祭祀活动中，身份不同的人使用的饮酒器也不同，如《礼记·礼器》篇中就有「宗庙之祭，尊者举觯，卑者举角。」的记载。

·时至战国秦汉，青铜酒具逐渐呈衰落之势，漆质酒具由于轻巧美观，越来越受到人们的喜爱。与此同时，陶质酒具在做工上越来越精美，质地越来越精良，因而与漆质酒具共同成为这一时期的主流酒具的类型。

## 魏晋隋唐时期的酒具

（二二〇年——九六〇年）

·魏晋隋唐在中国历史上是一个由纷乱走向大一统封建国家的历史过程，从汉末三国鼎立，到归于西晋，再至东晋十六国，最终进入隋唐的统一盛世，历时数百年。在此期间，战乱频仍，社会动荡，人们更多地倾情于杯中之物，藉此以避世修身。大唐盛世的出现，文学艺术得到极大的发展，在文人心目中，酒更是不可或缺的尤物。这一时期的酒具在材质上与前期有了较大的变化，由于陶瓷工艺的日益发展，瓷质酒具成为这一时期的主流。无论南方的青瓷还是北方的白瓷，酒具在其中都占有很大的比例。

·魏晋时期，文人士大夫们好尚清谈，而酒正是助兴之佳品。竹林七贤为一时名士，常于竹林中抚琴饮酒，有南京西善桥出土的竹林七贤砖印壁画为证。图中阮籍的举杯欲饮、刘伶的醉卧酣睡，都表现得栩栩如生。七贤中的刘伶以一篇《酒德颂》流传千古。永和九年（三五三年），东晋名士集聚于绍兴之兰亭，籍曲水以流觞，清谈赋诗，结而成集，书圣王羲之乘兴挥毫，创作出书法艺术史上的铭心绝品——《兰亭序》，成为千古佳话。据说当时置于水上流动的杯子叫羽觞，这是一种外形酷似小船的酒具。本书收录的「青釉羽觞」就是南北朝时期的器物。尽管魏晋时期酒文化得到迅速发展，但从存世酒具实物来看，它们的造型却有简单化的趋势，已经脱离了商周时期礼器的影响，而向着实用性更强的方向转变，这一点从西晋的「青釉双系兽面纹扁壶」和东晋的「青釉鸡头壶」可以看得很清楚。

·大唐盛世，经济文化都达到了一个新的高度，酒文化更是在这一时期取得了突飞猛进的发展，并成为文学艺术发展的重要参与者。唐代艺术最典型的标志是诗歌，而其中与酒相关者不计其数，为数不少的艺术家在吟诗、作画以及书法创作中以酒助兴，从而创作出大量艺术佳作。李白斗酒诗百篇，旭素酒后狂草作，画圣饮酒下笔如有神助，像诗人李白的「兰陵美酒郁金香，玉碗盛来琥珀光。但使主人能醉客，不知何处是他乡。」及「白玉一杯酒，绿杨三月时。春风余几日，两鬓各成丝。秉烛唯须饮，投竿也未迟。如逢渭水猎，犹可帝王师。」等名篇都与酒文化息息相关。玉卮、金樽、琥珀碗这些在诗人笔下出现的精美酒具，也从一个侧面折射出大唐的盛世之况。

·从目前故宫博物院收藏的唐代酒具来看，多以瓷质为主，兼有一些金属质地的酒具。唐代瓷质酒具依然承袭着魏晋时期青瓷和白瓷两大体系的制作传统，只是在工艺上更加精细，造型也更加丰富。南方的越窑青瓷和北方的邢窑白瓷均代表着「南青北白」两大瓷窑体系。上层人士多以使用雕刻精美的金、银酒具来体现其身份，对外开放交往给当时的经济、文化等诸多方面所带来的影响都十分深远。所以，在我们今天看到的唐代文物中很多都带有浓郁的异域文化色彩。像「越窑海棠式杯」、「青釉刻花梅花式撇足小碗」分别代表了南方的越窑和青釉瓷器的工艺水平。执壶在这一时期基本定型，有把和流，「邢窑把壶」和「长沙窑加彩执壶」属于这一类型器物的典型。而「鎏金刻人马狩猎纹杯」纹饰精细，刻划生动，堪称这一时期金属质地酒具的代表。

## 宋元时期的酒具

（九六〇年——一三六八年）

· 宋元时期，我国的南方无论是在经济、文化上都大大超越了北方。北宋的东京（今河南开封）与南宋的临安（今浙江杭州），都是当时的政治中心，又是最大的消费城市和商业中心，店铺林立，酒肆遍布，在宋人张择端的《清明上河图》中都有丰富的描绘和展现。从宋人的笔记、话本中可知，当时酒楼、茶坊都以追求器皿精洁且悬挂名人字画为号召。人们对饮食器皿的要求也更加讲究，尤其是瓷业的发展达到了一个繁荣时期，最具代表性的应属瓷都景德镇，它生产的瓷器胎薄体轻，釉色莹润，造型纤巧，各类器皿都非常精美。

· 「影青蟠螭提梁倒流壶」是宋时的一件创新品种，因在装酒时需要把壶倒置过来方可装酒故而得名—倒流壶，其新颖独特让人叹为观止。「注子、注碗」是一套温酒的用具，五代时已盛行，仿照金、银器制作而成，注碗一般多为瓜棱形，北宋早期的注子多有盖，以狮形钮最多，它的盛行于五代到北宋。

· 宋代瓷器的最大特点就是在重视釉色美的同时更追求瓷的质地之美，让二者兼而有之。元代继承宋制，以景德镇窑制品最为著名。

·「朱碧山银槎」是故宫博物院收藏的国宝级文物，为元代著名制银工匠朱碧山制作的工艺精品。「槎」的本意为用竹木制成的筏。银槎造型取自仙人乘舟到天河的神话传说故事。朱碧山是浙江嘉兴魏塘人，以擅长制作精妙的银器而闻名。目前所知朱碧山的传世作品仅有「银槎」三件，本书收录为其中之一，最为著名。形如结瘿老树，道人高髻云履，长袖宽袍，斜倚于槎上，单手托书，开卷闲读。堪称杰作。

## 明清时期的酒具

（一三六八年——一九一一年）

· 明清时期，在酒具制作方面更是精工细作，陶瓷器、玉器、玻璃、珐琅、竹木牙角雕、匏器等不同材质的酒具异彩纷呈。

· 明代开始，「天下窑器所聚」，至精至美之瓷，莫不出于江西景德镇。明代在景德镇设立了御窑场，专烧供皇室生活所需和朝廷对内、对外赐赏和交换的瓷器。中央政府特派督陶官常驻御窑场，并集中最优秀的烧瓷工匠。优越的自然条件，加之不惜工本的雄厚资金，明代的景德镇烧出了无数精美的瓷艺杰作，景德镇成了制瓷的中心。除景德镇外，浙江的龙泉窑、福建的德化窑也是当时影响不小的瓷窑。

· 清代的瓷器在明代的基础上更是有过之无不及，康熙、雍正、乾隆三朝达到了制瓷工艺的极致。这一时期瓷器式样规整，纹饰画法更加精细，模仿前朝和标新立异之作兼而有之。与明代五彩浓艳俗媚、画法粗犷相比，清代五彩则柔美典雅，画法多规整俏丽。「康熙五彩花卉杯」代表了清代五彩工艺的较高水平，这十二件套杯是按照每月一种花卉图案设计而成，配以小诗，有如花卉小品画一般，清新淡雅，别具一格。

清代的颜色釉也极其丰富，品种不下一〇种。因当时对颜色的要求有严格的规定，所以蓝釉和黄釉小杯只能在皇帝举行重大的祭天地仪式时方能使用，这里收选的两件雍正时期的「霁蓝釉杯」和「黄釉小杯」就属于这种情况。

玉质酒具也是古代酒具中重要的组成部分。随着琢玉工艺水平的提高，明清时期的玉酒具无论造型，还是纹饰都更加绚丽，既有仿古，又有创新，使玉酒具的制作水平达到了空前的高度。

清代将印度北部、包括克什米尔、巴基斯坦、土耳其及部分中亚地区的玉器统称为「痕都斯坦玉器」。痕都斯坦玉器的艺术风格受波斯文化影响，具有伊斯兰艺术特征，讲求造型变化，胎薄体轻，装饰图案繁密，色彩艳丽，对比强烈。痕都斯坦玉器于乾隆年间进入清宫内廷，深受乾隆皇帝的喜爱。同时，对清宫玉作和民间玉肆的琢玉技艺产生了深刻影响，以后清宫造办处和民间都有仿痕都斯坦玉器出现，大多造型新奇，工艺精臻。「痕都斯坦玉瓜棱执壶」，壶腹为瓜棱形，莲座足，高颈圆盖，曲柄。壶肩雕一圈缠枝纹，壶嘴处嵌金圈装饰。玉质莹润，风格独特。

金银制作的历史可以上溯到三千多年前的商代，春秋战国时期已有金银镶嵌工艺。而金银器皿则出现较晚，唐代才有较多发现。由于唐代统治者崇尚金银，从而促进了金银加工工艺的发展，此时的金银器皿，以造型奇巧，纹饰繁缛、多样为时代风格。唐宋以后用金银制作的酒具，如壶、杯、盅等更加华美。到了明、清时期，金银加工在继承前代的基础上继续发展，工艺更加精湛。尤其是康熙、雍正、乾隆三朝政治稳定，经济繁荣，酒文化全面发展，金银酒具的加工、錾刻更崇尚华丽富贵的风格，既有实用性，又颇具装饰效果，反映出这一时期金属加工、制作的工艺水平和艺术追求。金银制品贵重而奢华，往往是财富和地位的象征，所以金杯银盏只能出现在皇宫贵族的酒案上，一般官吏、士大夫也很难拥有。因此，可以说以金银制作的酒具属于皇家用品。

这里选刊的银质酒具有的出自民间艺人之手，有的则出自服务于宫廷的匠师之手，它们造型别致，用途明确，特色独具。《银花鸟纹酒葫芦》造型生动，形态逼真，与天然葫芦无异。器身通体刻花鸟纹装饰，并用绳子结成网状，是一件出行时随身携带的便携式酒具。

明清时期酒具材质异常丰富，除上述瓷、玉、金银器外，像珐琅、玻璃、竹木牙角雕刻以及集天然与人工为一体的匏制酒具都是这一时期非常有特色的酒具。

酒具虽然是一种实用的器具，但它历史悠久，而且有着灿烂辉煌的发展历程，小小酒具凝聚了大量的历史文化生活信息。本书以历代酒具实物为主线，辅以各个历史时期与酒有关的文化内容及相关文物知识，内容丰富多彩。基于探究历史源流，拓展对文化内涵的思考，在本书中还增加了大量与酒文化相关的历史人物、诗词歌赋及文物特点的图文资料，力争做到以文物为纲要，以多门类知识为辅助，使读者在欣赏单独文物的同时，更能够得到相关的知识和启迪。

在此，特别向参与本书编写的宋海洋、纪炜、王戈、桑颖新、果美侠、李旻、甄敏、徐超英、王琥、华宁、文金祥、李永兴、刘岳表示感谢；同时感谢郭雅玲女士在图片资料方面的大力协助。

第一部分……

# 新石器时期的酒具

· 依大量的史前遗址考古发掘可以推断，最早的饮酒用具均为泥陶所制。其产生，据专家鉴定，当在新石器时代中晚期。按使用功能可分为盛装器及饮用器两大类。这些陶制酒器具有古朴奔放的艺术美。

· 陶器的发明是人类社会发展史上划时代的标志。它的盛装和煮制的功能，使原始先人的饮食习惯更加趋于文明。

· 随着各种谷物被认识、被培植，农业兴起了，盈余的粮食被酿成酒。中国古代典籍中有仪狄造酒及杜康（或少康）造酒的传说，那大约是发生在夏代的事了。我们即使根据考古发掘所得的酒器（如在陕西眉县杨家村出土的陶制高足杯等）作保守的推测，饮酒的习俗也可追溯到距今五六千年的仰韶文化前期。

· 酒的发明使陶器器皿的用途也愈发细化。在新石器时代中、晚期的马家窑文化、齐家文化以及大汶口文化的出土物中已经可以见到高柄杯、黑陶杯等。

· 目前尚不能断言这些出土物一定是饮酒或贮酒器，但盛放液体之功用是无疑的。从器形来看，视之为早期酒具的源头亦无不可。

· 应该注意的是，在远古时代一器多用的现象是相当普遍的。

# 齐家型红陶双耳罐

〔新石器时代〕◆口径八厘米◆足径四·五厘米◆高一二·二厘米

001

·罐撇口，折腰，鼓腹，平底，口沿至鼓腹部两边各有一扁形的半圆形耳，器身无纹饰。

·此罐造型优美，胎体轻薄，有着一种抽象的韵律美。

**齐家文化彩陶**

齐家文化是指中国黄河上游地区新石器时代晚期至青铜时代早期的文化。因一九二四年首先发现于甘肃省广河县齐家坪遗址而命名。它上承马家窑文化。展现了黄河上游地区原始氏族公社解体和阶级产生阶段的生产水平和社会急剧变化的状况。齐家文化有一群独具特征的陶器。主要为红陶和夹砂红褐陶，还有少量灰陶。器表除素面外，主要是篮纹和绳纹。还有少量泥制彩陶。造型以平地器为主，也有一些圈足器与三足器。

## 马家窑型彩陶瓶

［新石器时代］◆口径八厘米◆足径六·五厘米◆高二一·五厘米

002

罐撇口，鼓腹，平底，器表面光滑，最为突出的特点是作品彩绘画法简练，瓶腹壁施黑彩画几道粗细均匀的线条，瓶口内则勾画几何形三角纹，简洁明快，极富动感，是一件较为典型的造型纹饰都极精巧的盛酒陶瓶。

### 马家窑文化

中国黄河上游地区新石器时代晚期的文化。因二十世纪二十年代初发现于甘肃临洮县马家窑遗址而得名。它上承仰韶文化的庙底沟类型，下接齐家文化。目前一般认为，它是仰韶文化晚期的一个地方分支，又名甘肃仰韶文化。它的突出特征是彩陶特别发达。纹饰繁缛多变而又具明显格律，表明画彩技术已达到成熟程度。

## 黑陶高柄杯

［新石器时代］◆口径七厘米◆足径六厘米◆高一五厘米

003

·此杯分为上下两段，上部为杯，下部以高柄衬托。杯撇口，高柄为中空，中部有三圆孔。杯座为圆饼斜坡式，起稳定作用。一改以往平底杯的特点，大胆创新。

·此黑陶杯制作工艺十分考究，它采用轮制方法拉坯，使器表光滑平整，同时还采用了压刻和镂空等多种工艺手法，是一件上等的饮酒用具。

## 龙山型黑陶杯

［新石器时代］◆口径八厘米◆足径八厘米◆高一二·五厘米

004

此杯上下口尺寸相同，腹间微收，平底，扁形把镶于杯侧，便于端拿。此杯属于龙山文化黑陶的典型品种。

**龙山文化**

中国黄河中、下游地区约新石器晚期的一类文化遗存。一九二八年最早发现于山东省章丘县龙山镇城子崖。轮制漆黑光亮的黑陶和蛋壳黑陶是龙山文化最具代表性的品种。从现在发掘出土的器物看，它们都经过精细的淘洗和轮制加工工艺而成坯，再经过1000℃的高温烧制。一些器物胎体漆黑如墨、胎壁薄如蛋壳，因此又称之为「蛋壳陶」。

# 唯有饮者留其名……

# 酒事 I

## 酿造之谜

·关于酒的起源，古时有古猿造酒说、杜康造酒说和仪狄造酒说三种，流传广泛的是杜康说和仪狄说。在有文字记载之前的酿造技术，只能从其酿造器具加以分析。有幸的是，一九七九年，我国考古工作者在山东莒县陵阴河大汶口文化墓葬中发现了距今五〇〇〇年的成套酿酒器具，为揭开当时的酿酒技术之谜提供了极有价值的资料。这套酿酒器具包括煮料用的陶鼎，发酵用的大口尊，滤酒用的漏缸，贮酒用的陶瓮，同处还发现了饮酒器具，如单耳杯，觯形杯，高柄杯等，共计一〇〇余件。据考古人员分析，墓主生前可能是一职业酿酒者。

## 古猿造酒说

· 猿猴造酒是关于酒的起源的一种传说。古人认为猿猴嗜酒，而且也会造酒。《清稗类钞·粤西偶记》中载：「粤西平乐等府，山中多猿，善采百花酿酒。樵子入山，得其巢穴者，其酒多至数石。饮之，香美异常，名曰猿酒。」在江苏淮阴洪泽湖下草湾曾发现有醉猿化石。猿猴居深山中，偶尔采果聚集一处，久之发酵，酝酿成酒也属自然，说其有意为之，似属谬谈。人类进入文明社会之前就已经发现了发酵酿酒的过程或知识，这种知识或者源于自然界中的偶遇。

## 杜康造酒说

· 古语说杜康「有饭不尽，委之空桑，郁结成味，久蓄气芳，本出于此，不由奇方」。杜康因而被后人尊为造酒的鼻祖。但杜康到底是什么时代的人，无实据可考。传说杜康是夏朝的第五世君王孙，《说文解字》中解释「酒」字时说，酒是周代杜康所造，也就是说杜康是东周人。而西晋人张华撰写的《博物志》中则说：杜康是汉朝时候的酒泉太守。

· 清乾隆十九年重修的陕西《白水县志》载：「杜康，字仲宁，相传为县之康家卫人，善造酒。」在陕西白水县的康家卫村边有道大沟，人们称它为「杜康沟」。沟的源头有一眼泉，名「杜康泉」，县志上说：「俗传杜康取此水造酒」，「乡民谓此水至今有酒味」。泉水涌出沿着沟底汇入白水河，被称为「杜康河」。据考古工作者对这一带的残砖断瓦考定，商周时此地确有建筑物。距这里几十公里外的河南伊阳县和汝州也有杜康遗址的记载。

清道光十八年重修的《伊阳县志》中「水」条里有「杜水河」一语，释曰：「俗传杜康造酒于此」。道光二十年重修的《汝州全志》载：「杜康叭」，「在城北五十里」处的地方。如今这地方有叫「杜康仙庄」的小村。距村几公里处有一眼「上皇古泉」，相传这是杜康造酒取过水的泉，村里还有「杜康庙」。今天，无论是白水、伊川、汝阳三县都将自己出产的酒叫「杜康酒」。

## 仪狄造酒说

·在《战国策》中有这样的记载：「昔者帝女令仪狄作酒而美，进之禹，禹饮而甘之，遂疏仪狄，绝旨酒」。这就是仪狄造酒说之来源。

第二部分……

# 商周秦汉时期的酒具

·商周秦汉时期的酒具主要有青铜酒器和陶制酒器两大类别。商周以降，青铜酒器逐渐衰落，秦汉之际，在中国的南方，漆制酒具流行。漆器遂成为两汉、魏晋时期的主要制造类型。

·由秦始皇统一天下上溯至夏、商、周三代，被统称为先秦时代。随着夏王朝的建立，私有制确立了，人与人的关系更为复杂，为了规范人们之间的关系，礼制出现了。夏商周时期，中国古代礼制既成熟又规范。饮酒制度遂成了礼制的一部分，所谓「无酒不成礼」。所以这一段也是我国酒礼最复杂，酒与政治结合最密切的时期。

·公元前二〇〇〇年左右华夏大地进入了辉煌的「青铜时代」。在神圣的祭祀用青铜礼器中，酒具占有很大比重。它们不仅品类丰富，而且制作精良，甚至在使用搭配上也十分讲究，各种名目的酒具有二〇余种之多。

·此时的青铜酒具包括各种盛酒器，有兕觥、尊、卣、方彝、壶、缶、罍、瓿等一〇余种；饮酒器则有爵、角、觚、觯、饮壶、杯等；还有温酒用的斝、挹酒用的勺、枓和专门盛水调酒的盉等等。

·先秦青铜酒具所采用的各种装饰性动物纹样，也同样体现出浓厚的宗教色彩。其中有些是想象中的动物，其本身似乎就是神灵，比如饕餮、夔龙、蟠螭等；还有一些常见的动物，则是人们用来献祭的牺牲，如：牛、羊、猪等；再有一类以凤鸟纹为代表，被解释为是人与神沟通的使者。

·周人吸取了商人嗜酒亡国的教训，在周初下了禁酒令，故此时的酒具整体造型较商代晚期简略而刻板。然而严格的礼仪规范并未能阻挡饮酒活动，青铜酒具亦向着日益生活化的方向发展。且因不敢得罪祖先、神灵，所以在祭祀时仍然保有着酒与酒具的神圣地位。

·自春秋晚期我国开始进入「铁器时代」，而青铜工艺不但没有因此而衰退，反由于生产技术的提高，失蜡法、嵌铸、鎏金、错金银等技术的应用，而使得这一时期的青铜器在装饰上更加繁缛精细。

·战国晚期随着冶铁业突飞猛进地发展，青铜铸造完成了它的历史使命。辉煌的青铜时代也宣告结束。

·在汉代，青铜已经逐渐退出了历史舞台，而青铜器所代表的礼制制度也随之简化蜕变了。酒逐渐成为人们日常的饮料之一，酒具也相应地向小型化转变，但仍不失精美。

· 陶制器皿在这一时期也有较大发展，就酒器而言，其形制与青铜器大致相同，只是工艺水平略逊于青铜器而已。此外，这一时期的漆质酒具也独具特色。

· 漆制酒具，其形制基本上继承了青铜酒器的形制。有盛酒器具、饮酒器具。饮酒器具中，漆制耳杯是常见的。例如在湖北省云梦睡虎地一一座秦墓中，出土了漆耳杯一一四件，在长沙马王堆一号墓中也出土了耳杯九〇件。

# 灰陶爵

［商］◆通高一八·五厘米

005

·敞口，有流无尾，深腹带鋬，口上有两柱，圜底三锥状足。

·早期的陶爵为实用饮酒用器，到了后期制作上已没有精细可言，一般都十分粗糙，故多作为随葬的冥器使用。

## 陶觚

[商]◆口径一五厘米◆足径八厘米◆高二二厘米

006

·侈口，深腹，口呈喇叭状，圈足。

·觚是商代主要饮酒用器之一。随着时期的推移，这种造型已经没有实用价值，逐渐演变成为陈设用具。

# 父戊舟爵

［商］◆通高二三厘米

007

因在口处铸有「父戊舟」三字铭文，所以叫做「父戊舟爵」。前流后尾，之间有柱，爵身一侧有鋬，圆底，三锥形足，器身饰饕餮纹。

父戊舟爵铭文拓片

父戊舟爵局部拓片

**青铜爵**

青铜爵，早在相当于夏代的二里头文化中便已出现。是我国最古老的青铜酒器。此时的青铜器器形单薄，造型特点是前有倒酒的流，后有尖锐的尾，中间是杯子的形状，一侧有把手，下有三足，口与流之间有柱。商代常用兽面纹做装饰，到了宋代将兽面纹称为饕餮纹。传说中的饕餮非常贪食且食量很大。

陕西商代妇好墓出土的「白公父爵」，器身上的铭文所记：「白公父作金爵，用飨用酌」，铭文中称这件器物为爵。由此可知这种勺形器，其实只是爵杯的一种发展变化的形态而已。

同时我们可以知道：爵既用于祭祀行礼，同时也直接作为饮酒器来使用。

有个别出土爵的底部有烟熏痕迹，说明温酒也是其功用之一。在商代爵多与觚相伴出土，周代则多与觯或觯、觚并存。

**二里头文化**

属中国青铜时代文化。以河南省偃师县二里头遗址命名。年代约公元前21世纪至前17世纪。由于二里头文化早于二里岗期商代遗存，且分布地域与传说夏人活动的地域比较一致，故人们把它列为探索夏文化的对象之一。其特征突出表现在一组富有特色的器物群上。如酒器中的盉、觚、爵等，炊器中的三足盘、深腹盆、平底盆、澄滤器、小口高领罐和大口缸等。

## 凸兽面纹出戟三足杯

008

[商]◆口径一六厘米◆高一九厘米

体大，敞口，三足，与爵的造型有相近之处，但没有柱和扳。杯身主体纹饰为巨眼、长角、獠牙的兽面纹，铸造十分细致精美。这件酒杯形态较为特殊，是一种较为少见的酒具器形。

# 亚鸟出戟觚

［商］◆口径一五厘米◆底径八厘米◆高二六·五厘米

009

圈足内有图形铭文，被释为「亚鸟」，因而得名。它应是古时一个家族的族徽标志。

这件出戟觚继承了早期陶觚的基本形态，采用了出戟的装饰手法，在器身分四层饰以蕉叶纹、兽面纹、蛇纹等纹饰，充分显示出青铜礼器的高贵。

**青铜觚**

出现于商代早期，盛行于商代中、晚期，到西周早期逐渐减少。据《大戴礼记·曾子事父母》载：「执觞、觚、杯、豆而不醉。」觚是最基本的饮酒器之一，在考古发掘中常常伴随爵、斝成组出土，说明在古代礼制中觚多是与爵、斝配套使用的。觚类器物未见有自铭者，「觚」是沿用宋代《考古图》的命名。《周礼·考工记》说：其器小，腹细，利于把饮。

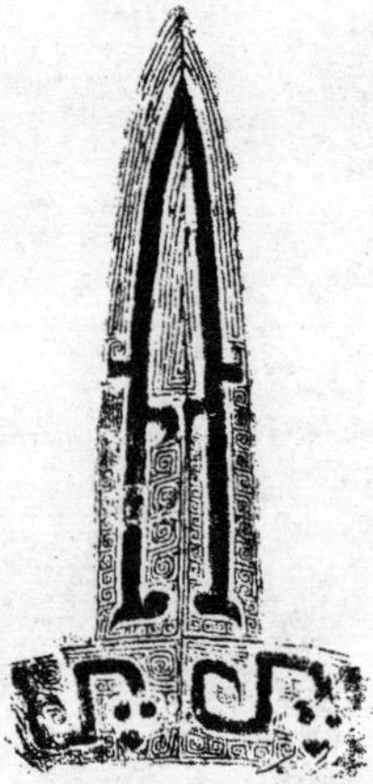

亚鸟纹出戟觚部分拓片

## 兽柄酒器

［商］◆口径五·五厘米◆底径五·五厘米◆高九·五厘米

010

这件器物造型上与新石器时代的黑陶杯有相似之处，口径与底径尺寸相同，单侧有柄。通体光素无纹饰，仅在把手的顶端装饰了一个小小的兽头，显得朴实而生动。是件实用的饮用器。距今已有三〇〇〇多年的历史。

## 兽面纹斝

［商］◆ 口径一八厘米 ◆ 高二五厘米

011

此器形体较大，平底有三足，口沿处有两根伞形立柱，杯身腰部环饰兽面纹。

**斝**

最基本的青铜酒器之一。《仪礼·特牲馈食礼》曾记载有二爵二觚四觯一角一散（斝）的酒具组合方式。斝的外形类似爵，比爵大许多，没有流和尾，两柱格外突出，在等级上要低于爵。《礼记·礼器》上说：「尊者献以爵，卑者献以散（斝）。」在礼制方面，据《礼记》、《左传》等书所说，斝主要是用来行裸礼的酒器。

据宋代《宣和博古图》始称此类器物为「斝」。关于斝的用途，有说法认为它是用于温酒的器物，即在器物下部三足之间添加热源，使酒液增温。从考古发掘出土的斝底部烟熏痕迹看，说明其也具有温酒功能。

**裸礼**

是古时帝王以酒祭奠祖先或赐宴宾客的礼仪，也称裸事。还有裸玉、裸圭之称，指行裸礼时所用玉器，此外还有专门负责协助君王行酒、劝酒之人，称为裸将。

## 蝉纹觯

[商] ◆口长径一〇·五厘米◆短径七厘米◆底长径九·五厘米◆短径六厘米◆高一四厘米

012

圈足，撇口，扁圆形，有单柄。这件作品器身上饰有蝉纹。蝉纹作为青铜器上的装饰纹样，主要流行于商末周初时期。蝉能够入地飞天，又会蜕壳变化，而且古人以为蝉每日只是靠餐风饮露来维持生命的，是一种很奇特的生物，受到人们的喜爱和崇敬。

**觯**

也是一种饮酒器。其基本形制为圈足、撇口、扁圆体，一般有盖，一些有单柄，主要流行于商代晚期到西周时期。据《礼记·礼器》载「宗庙之祭，尊者举觯，卑者举角。」

# 父戊方卣

［商］◆口径一一·五×一一厘米◆足径一三·五×一三·五厘米◆高三八·五厘米

013

此器方形，有盖，平底，直颈。盖顶设屋宇形把手。盖、腹、足上均有八条纵向凸棱。通体饰兽面纹及夔纹。夔是神话中形似龙的神兽，也是我国传统装饰纹样之一。

该器的四边，及每面的正中都有出戟。盖内与器腹内底铸有七字对铭。包括其家族的族徽、被祭祀者的名字——「父戊」，以及在做器时进行占卜得出的卦象符号——「六、六、六」。这件商晚期卣上的卦象至少表明：在周文王以前，人们的确是用简单的八卦符号来占卜吉凶、解释世界的。

父戊方卣是商代晚期的典型作品。

**对铭**

古人在青铜礼器上加注铭文，以记铸造该器的原由，所祭祀的人物等。在盖和器上铸有相同的文字内容、字数及字体完全相同的铭文，统称对铭。

**卣**

是古代的盛酒器。流行于商周时期。《尚书·洛诰》：「以秬鬯二卣。」《诗经·大雅·江汉》：「秬鬯一卣。」其形制丰富，除常见的扁圆体、椭圆体及方形体外，还有筒形、鸟兽形卣，象鸟形，枭形，猪形，著名的虎食人卣等等。

在酒具中只此自始至终有盖，为了防止酒精挥发。河南安阳出土的一件卣内存有白色透明液体，另一件河南鹤壁出土的卣与一勺并置。都可以说明其为盛酒器。

西周的卣继承了商代的形制而又有所变化。其中椭圆体的卣，自西周早期开始流行，是西周时代卣的主要形态。

# 祖丙觚

［商］◆高二〇．二厘米

014

口似喇叭，细腹，圈足。颈部饰有蕉叶纹，腰足均饰以兽面纹。圈足内有铭文，前为其族徽，后为「祖丙」二字。它与亚鸟出戟觚一样都有出戟的装饰，这种情况在商代晚期的觚上较常见。

祖丙觚圈足内铭文拓片

# 正斝

［商］◆高二六·二厘米◆宽一九厘米

015

束颈，三棱形足，扁把光素，双伞形柱，带盖。从上至下通体依次饰涡纹、弦纹、蕉叶纹、回纹及兽面纹。盖上一钮，钮上双鸟背向而立，尖嘴大冠，圆睛突出，钮周围饰目雷纹一圈，口沿处有铭文「正」字。此器为商代后期制作。

# 蟠夔纹卣

［西周］◆口径一〇×一二·五厘米◆底径一一·八×一二·五厘米◆高二六·五厘米

016

这件卣周身饰以突起的浅浮雕蟠虺纹，提梁为相互连接的环练状，工艺复杂，制作精美。

该器外表光滑，锈色温润柔和，说明它已经出土了相当长的时间。是一件清宫旧藏的熟坑器。

「**熟坑**」

出土的青铜器经后世人收藏，由于常被擦拭把玩，在器物表面就形成了特有的光泽，我们称之为「黑漆古」。具有这种特征的青铜器也叫「熟坑」。而出土后流传年代较短，周身仍然遍布有生硬的红绿锈斑的，我们就称之为「生坑」。

017

## 青铜凤鸟爵

［西周］◆高二三厘米

周代饮酒器。器身饰凤鸟纹。凤鸟被视为人们通天的一个重要的助手。在周代礼器中凤鸟纹被广泛使用。

凤鸟纹爵部分图案拓片

# 八字凤纹尊

［西周］◆口径一六·五厘米◆底径一一·七厘米◆高一七·八厘米

018

·器身上下三层装饰有凤鸟纹图案，器物两侧各装饰有一个虎头。花纹精丽。

·商末周初到西周中期的昭、穆时期，凤鸟纹大量出现，因此这一时期被称为凤纹时代。尤其这种花冠凤纹，更是西周时的流行装饰。

八字凤纹尊部分拓片

**尊**

属于大型盛酒器，作为重要的祭祀用礼器，常常与彝成组出现。据《周礼·春官·司尊彝》的记载，有「六尊六彝」。六尊是献尊（牺尊）、象尊、著尊、壶尊、大尊、山尊；六彝是鸡彝、斝彝、黄彝、虎彝、蜼彝等。裸礼用六彝，朝践再献用六尊。

## 垂鳞纹卮

［西周］◆口径八·三厘米◆底径五厘米◆高六厘米

019

此卮体小，杯身矮宽敦实，有单柄。颈部下方先饰有一圈云雷纹，下面是三层相互叠压的鱼鳞纹。器柄做成了三股绳的形状，中间都留有空隙，构思十分精巧新颖。

**卮**

是古时酒器。深腹圆形。《说文·卮部》：「卮，圜器也。」卮自新石器时代产生以来，长期广泛使用，大约到了魏晋之后，才趋于衰落。其制作材料十分丰富，有陶、木、象牙、铜、金、银、玉、琉璃等。基本形状是上口下底大小相同，直壁，一般有环形耳。

《史记·项羽本纪》载：鸿门宴上项羽对樊哙曾「赐之卮酒。」

鸿门宴画图像［汉画像石拓片］

## 鸟形勺

［战国］◆长一七厘米◆高七·九厘米◆口长径八厘米

020

这件勺形器周身饰以突起的浅浮雕椭圆杯身，圜底高足，单柄呈平板状，上有繁缛纹饰。杯身一侧饰有圆雕鸟雀。

这件勺形作品，看似是一件用来舀酒的酒勺或酒斗。但是它有圈足底，可以稳稳地置于几案之上，而它的柄宽且短，并不适合舀酒，更像是一件直接用来饮酒的器物。

这种勺形器，其实只是爵杯的一种发展变化的形态。

勺柄纹饰拓片

**圆雕**

圆雕也叫立体雕，雕刻手法难度较大，约出现于新石器时代晚期，这种技法在以后各代多有发展。

## 021

# 铜龙首勺

［汉］◆通长二四厘米

·黄铜质地，勺柄弯曲有流畅的弧度，勺身光素，只在勺柄头部作成龙首，简洁而美观。

**料** 取酒器。《诗经·大雅·行苇》中有：「酌以大斗。」《诗经·小雅·大东》有：「维北有斗，不可以挹酒浆。」的句子。可见除了天上的北斗以外，其他的料、勺都可以用来舀酒。古时的酒席往往排列着各种酒具。酒盛于尊，必以勺挹取，而后注于爵中。是把酒由大容器转注到小容器的中介。所以这料、勺虽小，酒宴上却也必不可少，其形制与作用大致相当于上世纪仍在使用的酒提。

出现于商晚期，应用于周代。战国、秦、汉以后礼制酒具逐渐简化，盛酒器以壶为主，饮酒器以觚、耳杯为主，挹酒器为勺，这三种器物成为最简单的酒具组合。

# 彩绘陶壶

［汉］◆口径一一·五×一一·五厘米◆足径一二·六×一二·六厘米◆高三九厘米

022

·壶口与足底都为方形，且尺寸基本相同，斜坡式方形盖，周身饰以黑、红彩为主的纹饰。器物的造型和用彩皆仿照同时期的漆枋。

·彩绘陶壶为西汉时的代表作品。

**壶**

是一种腹部庞大的长颈酒器。《诗经·大雅·韩奕》上说：「清酒百壶。」殳季良父壶有铭文曰：「用盛旨酒」。则指明了它可盛酒的用途。

**枋**

在战国中期流行，到了西汉时较为多见。

**汉时的陶器**

有一大部分是仿木、漆器制作而成，很多陶器的造型、纹饰、色彩都带有同时期漆木制品的特点。一般画法繁缛，器身多满绘彩画，以青龙、白虎、朱雀、凤纹、云气纹为主，色彩绚丽、线条流畅，画面生动活泼，充满着浪漫主义的艺术魅力。

# 绿釉弦纹壶

［汉］◆口径一七·四厘米◆足径一九厘米◆高四一厘米

023

· 绿釉弦纹壶是一件低温铅釉陶。

· 此壶流传至今，为清宫旧藏，壶上还有乾隆皇帝的御题诗来赞美此壶，是件弥足珍贵的汉代陶壶。

**绿釉**是在釉料中加入铅，以便降低釉的熔点，使釉面平整光滑；使用铜为着色剂，在氧化气氛中烧成，釉面呈现出美丽的翠绿色。铅釉陶制作的成功是汉代陶瓷工艺的杰出成就之一，是我国陶瓷史上一枝瑰丽的奇葩，它的出土发现，首先是在陕西的关中地区，铅釉陶的出现为以后各种低温釉陶的出现奠定了良好的基础。铅釉陶器实用器较少，一般多为随葬用器。汉代盛行厚葬，所以在发掘汉墓时多有出土。

# 彩绘云凤纹漆樽

［汉］◆口径一三厘米◆高一八厘米

024

·圆筒形深腹，有盖，盖上有三动物形钮，等距分布。底部三个铜制兽蹄足。上腹一侧有一环形铜柄。器通体绘云凤纹相互穿插，呈卷曲形，上下绘朱线弦纹。

·漆樽为薄木卷胎质地，胎上髹赭红色漆。此器为汉代漆器中较典型的器物。

**樽**

是战国时期开始出现的一种酒具，可释为酒杯。这种器皿在战国至汉代时期的宫廷里非常流行，造型基本为有盖和无盖形两种。汉代以后此种器物即不复见。

# 彩绘涡纹漆耳杯

［汉］◆口径一七·五×一〇厘米◆高五·五厘米

025

·又名羽觞、耳桮。以厚木制胎，杯口呈椭圆形，弧壁，平底。双耳呈C形。杯内髹红漆，外壁、双耳髹黑红相间的漆画纹饰，为变形鸟首纹，间绘涡纹及卷云纹。画面简洁明快。

·此杯为战国至汉代时期典型的盛装酒羹或食物的器具。

·汉代制漆工艺在沿用前几代的制漆工艺的基础上，达到了一个空前突飞猛进、兴盛繁荣的时期。这时期皇室内的大部分生活用具都离不开漆器制品。

# 酒事 II

## 古之贤圣 无不能饮

·古语有云："尧舜千钟，孔子百觚，子路尚饮百榼，古之贤圣，无不能饮。"这里所指钟、觚、榼皆为古时大型酒器。后汉孔融《难魏武帝禁酒书》中亦有"尧非千钟，无以建太平；孔非百觚，无以堪上圣；……高祖非醉斩白蛇，无以扬其灵；袁盎非醇醪之力，无以服其命；定国非酣饮一斛，无以决法令。故郦生以高阳酒徒，著功于汉；屈原以哺糟歠醨，身困于楚。犹是观之，酒何负于治者哉。"其中"千、百"之说，虽是虚数，却也足以显示先贤们的酒量了。

## 早期酿酒工艺

·一九七四年和一九八五年，考古人员在河北藁城商代遗址中发现了一处完整的商代中期的酿酒作坊。其中的设施情况也类似于大汶口文化时期。

· 从酿酒器具的配置情况看，商周时期酿酒的基本过程有谷物蒸煮、发酵、过滤、贮酒等工艺过程。酿酒器具的组合中，都有煮料用具（陶鼎或将军盔）。

· 《黄帝内经·灵枢》中有一段记载，也说明远古时代酿酒，蒸煮原料是其中的一个步骤。文曰：「酒者，……熟谷之液也。」在《黄帝内经·素问》的「汤液醪醴论」中，岐伯答黄帝问曰：「必以稻米，炊之稻薪」。这也说明酿造醪醴，要用稻薪去蒸煮稻米。总之，用煮熟的原料作酒曲酿酒，是我国酿酒的主要方式之一。当然《黄帝内经》是后人所作，其中一些说法是否真的能反映远古时期的情况，还很难确认。

## 酒池肉林

· 商代晚期的帝王，多是淫暴之主，一味追求享受安乐。商代的贵族也多酗酒，据现代人分析推测，由于当时的盛酒器具和饮酒器具多为青铜器，其中含有锡，溶于酒中，使商朝的人饮后中毒，身体状况日益下降。《史记·殷本纪》称：「（纣）以酒为池，县（悬）肉为林，使男女裸相逐其间，为长夜之饮。」商纣的暴政，加上酗酒，最终导致商代的灭亡。周代在商人的聚集地曾发布严厉的禁酒令。

· 据《史记》和《汉书》记载，汉武帝时也曾设酒池肉林，招待外邦使节，以显示汉朝的国库充盈。

· 后人常用「酒池肉林」形容生活奢侈，纵欲无度。

## 走下祭坛

·酒，从神坛上走下来，是有一个漫长过程的。由于生产力的发展，商代社会相当繁荣，尤其到商晚期物质生活富裕，饮酒之风日盛。那种充满了敬意的宗教性祭祀活动，也逐渐失去了其原始的与神沟通的初衷。酒本身给人带来的愉悦感、满足感，代替了敬祖、礼神的责任与使命。所以这一时期的酒具的丰富精美都远胜前代。周武王伐灭商纣之后，认为酒是致使商亡国的重要原因之一，于是下达了禁酒令。通常只有在祭祀时才会用到酒和酒具。

·礼制的神秘性在周初已逐渐消退，进而演变成一种日趋表面化、形式化的政治制度和社会规范。再加之禁酒令的严格规定，妨碍了人们去体验酒精的美妙。因此，周代早期的酒具整体呈现出较商代晚期简略而刻板的特点。

## 三酒五齐

《周礼·天官》中记载：「酒正，中士四人，下士八人，府二人，史八人」。「酒正掌酒之政令，以式法授酒材，……辨五齐之名，一曰泛齐，二曰醴齐，三曰盎齐，四曰醍齐，五曰沈齐。辨三酒之物，一曰事酒，二曰昔酒，三曰清酒。」「三酒」指事酒，昔酒，清酒。大概是西周时期王宫内酒的分类。事酒是专门为祭祀而准备的酒，有事时临时酿造，故酿造期较短，酒酿成后，立即使用，无需经过贮藏。昔酒则是经过贮藏的酒。清酒是最高档的酒，经过了过滤、澄清等步骤。而在远古很长一段时间，酒和酒糟是不经过分离就直接食用的，这也说明酿酒技术已经开始完善。

## 《诗经》中的酒

《诗经》是我国最早的一部诗歌总集，我们也可以从中闻到浓冽的酒香。《诗经》中有反映以酒来祭祀祖先，与神灵共享的内容。如《大雅》中的《旱麓》提到：「清酒既载，骍牲既备。以享以祀，以介景福。」还有描写以酒待客的宴饮场面的，如《小雅》中《鹿鸣》，描写男女爱情的诗篇中也常提到酒，如《郑风》中的《女曰鸡鸣》。可见在先秦时代，酒就已经渗透到社会生活的各个方面，成为了人们不可缺少的饮品。

## 箪醪劳师

· 越王勾践被吴王夫差战败后，为实现其复国大略，下令鼓励人民生育，并用酒作为生育的奖品，凡生男孩者奖两壶酒，越王勾践出师伐吴，行前越中父老献美酒于勾践，勾践将酒倒在河的上游，与将士一起迎流共饮，士气为之大振，并最终战胜吴国。绍兴现在还有「投醪河」。

· 类似的历史故事如《酒谱》所载，战国时，秦穆公讨伐晋国，来到河边，秦穆公打算犒劳将士，以鼓舞将士，但酒醪却仅有一盅，有人说，即使只有一粒米，投入河中酿酒，也可使大家分享，于是秦穆公将这一盅酒倒入河中，三军饮后都醉了。

## 汉高祖醉斩白蛇

《史记·高祖本纪》记载：秦始皇末期，刘邦（汉高祖）做亭长时，往郦山押送劳工，但劳工大多死在路上，到了丰西泽中，将劳工放走，结果只有十来个壮士愿意跟随刘邦。夜中，刘邦喝醉了酒，令一人前行，前行者回报道，前面有一条大蛇阻挡在路上。刘邦正在酒意朦胧之中，上前挥剑将挡路的大白蛇斩为两段，路开通了，走了数里路，刘邦困了，倒头就睡着了。有一老妇人在蛇被杀死的地方哭，有人问哭的原因，老妇人说，有人将我儿子杀死了，有人又问，何以见得你儿子被杀？老妇人说，我的儿子，就是化为蛇的白帝子，因挡在路上被赤帝子所斩。后来有人将此事告诉刘邦，刘邦听后暗自高兴。当然这只是为了政治需要而编撰出来的故事，其目的是为了表现汉朝政权创始人刘邦并非凡人，以此来突出君权神授的思想。

## 鸿门宴

·秦末，刘邦与项羽各率军反秦，刘邦先破咸阳（秦始皇的都城），但刘邦兵力不及项羽，项羽大怒，派当阳君击关。项羽入咸阳，而刘邦则驻军灞上。刘邦的左司马曹无伤派人在项羽面前说刘邦打算在关中称王，项羽听后更加愤怒，下令次日一早让兵士饱餐一顿，击败刘邦的军队。一场恶战在即。刘邦从项羽的季父项伯口中得知此事后，大吃一惊，刘邦两手恭恭敬敬地给项伯捧上一杯酒，祝项伯身体健康长寿，并约为亲家，刘邦的感情拉拢，说服了项伯，项伯答应为之在项羽面前说情，并让刘邦次日前来面谢项羽。鸿门宴上，虽不乏美酒佳肴，但却暗藏杀机。项羽的亚父范增，一直主张杀掉刘邦，在酒宴上，一再示意项羽发令，但项羽却犹豫不决，默然不应。范增召项庄舞剑为酒宴助兴，想趁机杀掉刘邦，项伯为保护刘邦，也拔剑起舞，掩护了刘邦。危急关头，刘邦部下樊哙带剑拥盾闯入军门，怒目直视项羽。项羽见此人气度不凡，只好问来者为何人，当得知为刘邦的参乘时，即命赐酒肉，樊哙立而饮酒食肉。项羽又问能再饮酒吗，樊哙说，臣死且不避，一杯酒还有什么值得推辞的。樊哙还乘机说了一通刘邦的好话，项羽无言以对，刘邦则乘机一走了之。刘邦部下张良入门为刘邦推脱，说刘邦不胜酒力，无法前来道别，现向大王献上白璧一双，并向大将军（亚父范增）献上玉斗一双，请收下。不知深浅的项羽收下了白璧，气得范增拔剑将玉斗撞碎。后人将鸿门宴喻指暗藏杀机。

## 文君当垆

·据《史记·司马相如列传》，卓王孙之女文君新寡，因爱慕司马相如，遂与其私奔。两人来到临邛，家徒四壁，又无人资助，二人尽卖其所有，买下一酒舍，文君当垆卖酒，司马相如也涤器于市中。这个故事后来成为形容夫妇对爱情坚贞不渝的佳话。历史上，临邛也是酿酒之乡，名酒辈出。唐代罗隐有《桃花》诗曰：「数枝艳拂文君酒。」传说中还有「文君井」。陆游《文君井》诗曰：「落魄西州泥酒杯，酒酣几度上琴台。青鞋自笑无羁束，又向文君井畔来。」

## 与苏武诗

汉　李陵

嘉会难再遇，三载为千秋。
临河濯长缨，念子怅悠悠。
远望悲风至，对酒不能酬。
行人怀往路，何以慰我愁？
独有盈觞酒，与子结缨绸。

汉画像石〔酿酒〕

## 清圣浊贤

·三国魏初建时，曹操严厉禁酒，人们只好私下偷着饮酒，但讳言酒字，故用「贤人」作为白酒（或浊酒）的隐语，用「圣人」作为清酒的隐语。清贤浊圣演变成一个典故。还有一个「青州从事，平原督邮」的成语，也是美酒和恶酒的隐语。南朝人刘义庆在《世说新语》中记载，桓温手下的一个助手善于辨别酒的好坏，他则把好酒叫做「青州从事」，青州是一个地名，青州的辖境内有个地方叫齐郡，以「齐」喻「肚脐」，好酒叫做「青州从事」，是因为好酒喝下去后，酒气可以通到脐部；他把坏酒称做「平原督邮」，是因为平原的辖境内有个地方叫鬲县，以「鬲」喻「膈」，意思是说坏酒喝下去，酒气只能通到膈部。

第三部分……

# 魏晋隋唐时期的酒具

· 魏晋隋唐长达七〇〇余年的漫长历史中，手工业水平不断提高，制瓷业的发展使这一时期使用的酒具大多由青铜和陶器向青瓷和白瓷转变。三国、两晋、南北朝江南瓷业较为发达，青瓷酒具占据了主流地位。隋唐时期南方青瓷与北方白瓷代表着南北两大瓷业体系。另外，唐代金属制作的酒具非常盛行。瓷质酒具造型也多仿金银器。

· 陶器发展到汉代，应该说是有了两个重大成就：一个是原始青瓷的出现；另一个是铅釉陶的产生，比如绿釉陶。这两者都为以后陶瓷的发展奠定了良好的基础。特别值得一提的是，汉代的制陶艺人们已开始懂得艺术门类之间是需要相互模仿和借鉴的。

· 魏晋南北朝，时局动荡战乱频仍，人们对现实产生不满，借酒消愁，饮酒成风，酒肆不断增加，酒器也随之在不断地更新、发展来满足市场的需求。这一时期的酒具主要还是以青瓷为主流产品，品种有酒碗、酒盏、酒注、酒壶、樽、罐等，以鸡头、羊头作为壶嘴装饰的酒壶最为盛行。早期的壶嘴为死口，只是起装饰作用并无实际意义，多作为随葬器；东晋时鸡头壶已成为我国南方普遍使用的一种酒器。

· 唐代的酒业十分发达，金、银铸造业，瓷器制作业也同样达到了鼎盛阶段。这时的酒器金、银制品异常精美，原因是上层人士多以使用雕刻精美的金、银酒具来体现其自身价值。对外开放交往给当时的经济、文化等诸多方面带来的影响都是深厚的，所以，在我们今天看到的唐代文物中很多都带有浓郁的异域文化风韵。

# 青釉双系兽面纹扁壶

026

［西晋］◆口径四·二厘米◆最大腹径一八厘米◆高一四厘米

· 壶小直口，溜肩，肩上有两小系，卧足，器身呈扁圆形，通体青釉，腹上塑有一虎头，周边用圆点戳画作装饰。

· 从双系推测，此壶应为骑马外出携带饮酒的用具。小壶口使酒不易溢洒，倒酒或直接饮用都比较方便。

# 青釉鸡头壶

［东晋］◆口径五·五厘米◆高一五·四厘米

027

壶盘口，鸡头状短流，圆形腹，平底，腹上壁有两桥形系，一弧形柄相接口沿和器身，便于提拿。通体青釉，点缀褐彩，有画龙点睛之妙。

**鸡头壶**

鸡头壶始见于三国末期，历经魏晋南北朝，至唐代被执壶取代。早期均为陪葬用器，且流口多为实心。到了东晋时期流口已改为中空，既美观，又实用，并成为这一时期南方的主要饮酒用具。

**褐彩**

褐彩也是以铁为主要成色剂的彩料。始见于西晋后期，东晋及隋唐早期曾普遍使用，而在隋唐白瓷上运用效果尤佳。褐釉点彩改变了单色青釉的传统做法。

## 青釉羽觞

［南朝］◆口长六厘米◆口宽四厘米◆高三厘米

028

此杯小巧，是仿造漆杯而制的青瓷饮酒用器。船形，应是置于水中嬉戏饮酒之用，所以，无论从器物的尺寸还是造型上，都有别于其他饮酒用具。游戏时，杯下置一块木板，放入水中徐徐前行，流至何人处，此人就要吟诗作赋，并喝下杯中酒，此种饮酒方式十分有趣，为文人士大夫所喜爱。

**青釉**

青釉是瓷器釉色名，是一种含铁量在百分之一到百分之三左右经高温还原烧成呈青绿色的釉。是中国最早的颜色釉。商周时期原始瓷器的青黄釉色是青釉的初级阶段，汉代烧制出釉色纯正的青釉瓷器。

# 黄釉席纹壶

［隋］◆口径六·三厘米◆高二〇·五厘米

029

·壶唇口，长颈，螺丝状短流，弧形柄。壶肩有两条形系。壶身呈筒形，平底，胎体厚重，外施黄釉不到底。器身上印有席纹装饰。

·这种席纹装饰到了唐代时又出现在了白釉、黄褐釉瓷器上，但其数量还是以黄釉最多。此装饰风格为长江以北的北方瓷窑所特有。

# 青釉刻花梅花式撇足小碗

030

［唐］◆口径八·五厘米◆足径四·五厘米◆高四·五厘米

·碗为花口，器身呈花瓣状，圈足外撇。碗形小巧，釉色青润。

·此杯应是仿照金银酒具而制，并带有浓厚的异域风格。

# 越窑海棠式杯

［唐］◆口径一三·二×八·二厘米◆足径五·八厘米◆高六·六厘米

031

· 此杯造型灵感来源于波斯萨珊金银器多曲长杯，融入中华文化后，便开始出现在瓷器制作上。器型也向圆形靠拢，随之出现了海棠、葵瓣等称谓。犹如一朵盛开的海棠花，式样独特优美。釉色青翠亮丽。

· 越窑青瓷在唐代代表着南方制瓷业的最高水平。

**秘色**

在宋代官窑建立之前，历史上还经历了由民窑烧制贡瓷的阶段。自唐代始，南方的越窑青瓷不断向宫中进贡。故有「秘色」之称。「秘色」一词就更体现出其所烧青瓷的使用范围非同一般。类玉似冰，就是对其釉色独特美的最好称赞。

# 邢窑把壶

［唐］◆口径七·五厘米◆足径七厘米◆高一七·五厘米

032

·壶敞口，短颈，长圆腹，平底，小短流，颈下与腹间有一系相连，通体施白釉。

·此壶造型端庄规整，釉色洁白莹润，体现出唐代邢窑白瓷的素雅与优美，是唐代酒具中的上品。

## 邢窑白瓷和越窑青瓷

北方的邢窑白瓷和南方的越窑青瓷代表着「北白南青」两大瓷窑体系。

邢窑窑址是一九八四至一九八六年在河北内丘发现的。内丘在唐代属于邢州，故名邢窑。其烧瓷历史最早可追溯至北朝时，辉煌于唐代，所烧白瓷闻名于世。陆羽在《茶经》中以「类银」「类雪」来比喻邢窑白瓷釉面的颜色。

越窑是唐、五代至北宋初年南方的著名瓷窑，从汉代就开始烧造青瓷直到元代停烧，其间烧造出了很多精美的酒杯、酒壶。唐代以素面器为重，而制瓷作坊集中在浙江上虞、余姚、宁波等地，所

以越窑青瓷以「类玉似冰」、千峰翠色的精美釉色而始终占据着南方瓷业的霸主地位，跨数个世纪而不衰。

# 长沙窑加彩执壶

［唐］◆口径六·六厘米◆足径一〇厘米◆高一七厘米

033

·敞口，短粗颈，瓜形长圆腹，平底，八棱形短流，有曲柄。通体施青釉，略绘绿彩，并开细小纹片。

·早期长沙窑执壶多为圆腹，后期则改为瓜棱形。

**长沙窑**

长沙窑最大的贡献就是开创了釉下彩绘的先河。在今天长沙窑的遗址中，发掘出土了很多酒壶、酒碗残片上书有与酒相关文字。可见酒具的烧制是长沙窑一个重要方面。

# 白釉小杯

[唐]◆口径八·六厘米◆足径三厘米◆高六·八厘米

034

杯敞口，口下渐收，平底，外施半釉，有玻璃质感，此杯造型规整，器壁较薄。是仿唐代金、银器的造型而产生的。白釉的出现为彩瓷的出现提供了先决的条件。

# 白釉葵瓣口杯

［唐］◆口径七·五厘米◆足径三·四厘米◆高六·二厘米

035

杯口呈葵瓣式，口下渐收，平底，器里外均施白釉，外壁施釉不到底。此种施釉方法独特，装饰效果很强。

# 鎏金刻人马狩猎杯

036

［唐］◆口径五·九厘米◆足径三·五厘米◆高七·五厘米

此杯为铜质地，周身鎏金，高圆足。杯身细线錾刻人马狩猎图，纹饰生动，錾刻精致。

唐代统治者对金、银制品的偏爱，使此时的金、银铸造业的工艺达到了空前发达的水平。

## 鎏金铜杯

[唐]◆口径七厘米◆足径三·四厘米◆高七·五厘米

037

· 鎏金杯为撇口，倒钟型，高圆足。杯身通体光素无纹，只鎏饰金水。如此简洁的表现手法，在唐代是不多见的。

· 唐代的金、银制品上多装饰姿态各异的动物或花卉等纹饰。

**鎏金**

鎏金是古代金属工艺装饰技法之一，是将金和水银合成金汞剂，涂在铜器表面，然后加热使水银蒸发，金则附着于器物表面，看上去有一种富丽堂皇的视觉效果。此种技法春秋战国时已出现，汉代称作「金涂」或「黄涂」，近代称「火镀金」。

# 酒事 III

## 竹林七贤

「竹林七贤」指的是晋代七位名士：阮籍、嵇康、山涛、刘伶、阮咸、向秀和王戎。他们放旷不羁，常于竹林下酣歌纵酒。其中最为著名的是刘伶。刘伶自谓：「天生刘伶，以酒为名，一饮一斛，五斗解酲」；《酒谱》讲述刘伶经常随身带着一个酒壶，乘着鹿车，一边走，一边饮酒，一人带着掘挖工具紧随车后，什么时候死了，就地埋之。阮咸饮酒更是不顾廉耻，他每次与宗人共饮，总是以大盆盛酒，不用酒杯，也不用挹

竹林七贤图像之阮籍像

酒具，大家围坐在酒盆四周用手捧酒喝。猪群来饮酒，不但不赶，阮咸还凑上与猪同饮。刘伶曾写下《酒德颂》一首，充分反映了晋代时期文人以酒避祸，借酒后狂言发泄对时政的不满的心态。另据史料记载，魏文帝司马昭欲为其子求婚于阮籍之女，阮籍借醉六〇天，使司马昭没有机会开口，于是作罢。这些事在当时颇具有代表性，对后世影响也非常大。

## 渊明爱酒

• 东晋诗人陶渊明曾在《五柳先生传》中自我介绍说：「性嗜酒，家贫不能常得。亲旧知其如此，或置酒而招之，造饮辄尽，期在必醉。既醉而退，曾不吝情去留。」他早年作过祭酒、县令等小官，后来归隐，生活一直很贫困，但仍不忘饮酒。他在诗文中也常常提到酒，如《饮酒》诗中有：「故人常我趣，携壶相与至。班荆坐松下，数斟已复醉。父老杂乱言，觞酌失行次。不觉知有我，守知物为贵。悠悠迷所留，酒中有深味。」《答庞参军》诗云：「谈谐无俗韵，所说圣人篇。或有数斗酒，闲饮自欢然。」《九日闲居》诗写到：「酒能祛百虑，菊为制颓龄。」《和郭主簿二首》曰：「春秫作美酒，酒熟吾自斟。」可见诗人对酒的钟爱。

• 《渊明嗅菊图》轴画的是东晋大诗人

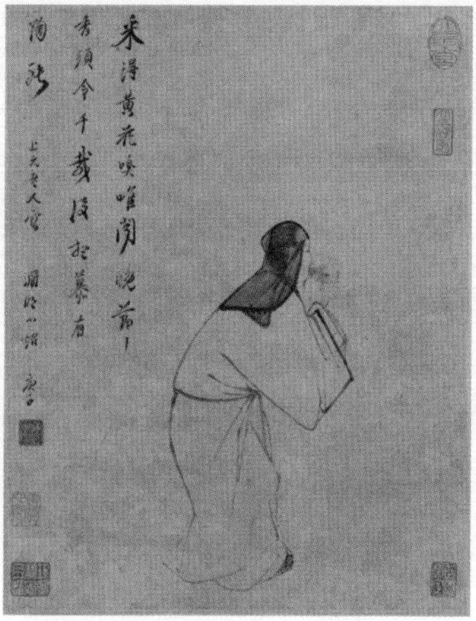

张风《渊明嗅菊图》

陶渊明嗅菊故事。陶渊明爱喝菊花酒。「采菊」即暗喻酒。张风摹陶氏之高尚情操，故此图藉渊明嗅菊、爱菊，来表达自己的心情。陶渊明爱菊、嗅菊，实为其好酒之真情流露。

## 兰亭修禊

· 古时的农历三月初三是上巳日，人们有聚集水边举行祭礼活动、用水洗涤污垢灾晦、以求祛邪祈福的风俗，也称禊日。晋代以后，逐渐演变成了文人墨客踏青游春、饮酒赋诗的习俗。文人们聚集在山泉之旁，将杯置于水上，任其缓缓流动，流到谁的身边就由谁举杯饮酒，而且还要边饮酒边赋诗，称为「禊酒」。

· 永和九年（三五三年），书圣王羲之与众诗友集于绍兴之兰亭，饮酒赋诗，并写下千古名篇《兰亭集序》一文。文中有「暮春之初，会于会稽山之兰亭，修禊事也」之句，后世便有兰亭修禊之说，并成为古代绘画作品中重要题材之一。

## 南朝·对酒

陈　张正见

当歌对玉酒，匡坐酌金罍。
竹叶三清泛，葡萄百味开。
风移兰气入，月逐桂香来。
独有刘将阮，忘情寄羽杯。

**高足金杯**

［图见《华夏文明史图鉴》卷三，第四十页］

一九五七年陕西西安李静训墓出土。高五·七厘米，口径五·七厘米。

**镶金边白玉杯**

［图见《华夏文明史图鉴》卷三，第四十一页］

一九五七年陕西西安李静训墓出土。高四·一厘米，口径五·六厘米，底径二·九厘米。

## 山中与幽人对酌

唐　李白

两人对酌山花开，一杯一杯复一杯。
我醉欲眠卿且去，明朝着意抱琴来。

## 谢时臣《谪仙玩月图》

《谪仙玩月图》轴描绘的是唐代大诗人李白于江上舟行饮酒赏月之情景。作者谢时臣，字思忠，明中期吴门（今江苏苏州）人。擅长画山水、人物，画史称其得沈周法而稍变其意。

·「谪仙」一词，旧时用来称誉才学优秀的人。据《新唐书·李白传》载：「李白，字太白，号青莲居士，陇西成纪（今甘肃秦安）人。十岁通诗书，既长，隐岷山……天宝初，南入会稽，与圣吴筠善。筠被召，故白亦至长安，往见贺知章，知章见其文，叹曰：「子，谪仙人也」。以后「谪仙」用以专指李白。

谢时臣《谪仙玩月图》

·图绘李白端坐船首，手擎酒，仰望长空。全画意境幽深，用笔豪放，人物刻画细致入微。画家巧用烘托法，进而突出了「谪仙玩月」这一主题，达到了情景交融的境界，表现出画家精湛的艺术功力。

## 饮中八仙歌

唐 杜甫

知章骑马似乘船，眼花落井水底眠。

汝阳三斗始朝天，道逢麴车口流涎，恨不移封向酒泉。
左相日兴费万钱，饮如长鲸吸百川，衔杯乐圣称避贤。
宗之潇洒美少年，举觞白眼望青天，皎如玉树临风前。
苏晋长斋绣佛前，醉中往往爱逃禅。
李白一斗诗百篇，长安市上酒家眠，
天子呼来不上船，自称臣是酒中仙。
张旭三杯草圣传，脱帽露顶王公前，挥毫落纸如云烟。
焦遂五斗方卓然，高谈雄辩惊四筵。

## 旭、素酣醉草圣传

·唐代著名书法家张旭，字伯高，吴（今江苏苏州附近）人。在书法上，尤擅长于草书。他的草书连绵回绕，起伏跌宕。所谓「张妙于肥」是说他的草书线条厚实饱满，极尽提按顿挫之妙。唐大文学家韩愈在《送高闲上人序》中对他的草书艺术推崇备至。他的草书和李白的诗歌、裴旻的剑舞被时人称为三绝。《唐书·贺知章传》载：「旭善草书而好酒，每醉后，号呼狂走，索笔挥洒，变化无穷，若有神助，时人号为'张颠'。」李肇《唐国史补》也说：「(张)旭饮酒辄草书，挥笔而大叫，以头揾水中墨而书之。

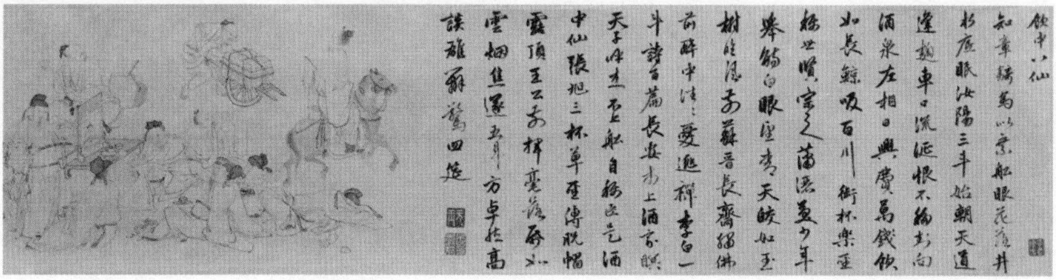

饮中八仙
[杜堇《古贤诗意图》饮中八仙一段]

天下号为张颠，醒后自视，以为神异。」可见，张旭的书法多作于酒酣之后。

·唐代另一以写草书见长的书法家怀素也嗜酒如命，一日往往九醉，人称「醉僧」。李白曾赞其曰：「少年上人号怀素，草书天下称独步。……吾师醉后倚胡床，须臾抹尽数千张。飘风骤雨惊飒飒，落花飞雪何茫茫！起来向壁不停手，一行数字大如斗。恍恍如闻神鬼惊，时时只见龙蛇走。左盘右蹙如惊电，状同楚汉相攻战。」其酒后挥笔之气势恍惚已现于我们眼前。

## 画圣把酒创佳构

·吴道子是唐代著名人物画家，又名道玄，阳翟（今河南禹县）人。初从张旭、贺知章学习书法，惜未有大成，后改习画，遂声名大振而达于内廷，为帝王所知，唐玄宗将其召入内廷供奉，并改名道玄，授内教博士，谓非有诏不得作画。官至宁王友。吴道子具有超凡的艺术天赋，他擅长各类题材的创作，而以人物、山水最为突出。他所创立的人物画表现模式，一改唐以前的时风，被后世称为「吴家样」。对于这种表现形式，宋人则以「吴带当风」来加以概括，它的主要特点在于线条的运用，所作人物衣纹飘动，似波浪起伏，加之中锋用笔的顿挫，使之有如兰叶变化，后人谓「行笔如莼菜条」。他将张僧繇所创之「笔才一二，象已应焉」的「疏体」加以发展，并略施微染，而成近于白描画的特殊格式。这一切无不取决于线条的运用。他虽早年习书而未成，但书法基础无疑对他的绘画创作产生了影响。他曾于开元年间在东都洛阳与张旭、斐旻相遇，受斐旻舞剑启发而笔法大进。唐代张彦远评其画云：「观吴道子之迹，可谓六法俱全，万象必尽，神人假手，穷极造化也。所以气韵雄壮，几不容于缣素；笔迹磊落，遂恣意于墙壁，其细画又甚稠密，此神异也。」吴道子在当时就有很高的声誉，并有「画圣」之称。同时，他还是一个好酒之人，张彦远《历代名画记》中说他：「好酒使气，每欲挥毫，必须酣饮。」酒壮画思，挥毫运笔，往往佳构由此而出，此与酒助文思无异也。

## 酒器制作显才智

· 唐高祖之子韩王元嘉有一只专门用来盛酒的铜樽，背上贮酒而一足倚，据说每当樽中有酒的时候，「满则正立，不满则倾」。这样饮酒的人就可以根据铜樽的倾斜程度来判断其中的酒量。

· 另有曾为洛州县令的殷文亮，史载其人：「性巧好酒，刻木为人，衣以缯綵，酌酒行觞，皆有次第。又作妓女，唱歌吹笙，皆能应节。饮不尽，即木小儿不肯把；饮未竟，则木妓女歌管连理催。此亦莫测其神妙也。」

· 其实，岂止时人莫测其神妙，就是今天我们听起来，也还是对其中的奥妙充满了好奇。

· 唐人饮酒所显露出的才智并不仅仅局限于运用物理机械原理制作一些「小玩意儿」，在唐人的饮酒活动中处处都体现着聪明才智，如在唐代十分流行的饮酒赋诗、游戏行令、投壶射覆等等。

# 第四部分

# 宋元时期的酒具

· 宋元时期的四〇〇余年，制瓷业取得了突飞猛进的发展，瓷质酒具为这一时期酒具的代表。

· 宋代酒具以秀美著称，而元代则端庄、凝重。

· 宋朝的官、定、汝、钧、哥五大名窑以及景德镇等中外知名的瓷窑都生产了大批瓷质酒器。器形主要有瓶、杯盏、注子注碗和倒流壶等。其中倒流壶为宋代首创之酒器。但在宋朝武功不足，文治有余的特殊背景下，人们前所未有地着重于「穷理尽性」，连酒器的造型与装饰以及饮酒风俗，也与当时的诗词书画一样，轻大气、粗朴、慷慨，重准确、细腻、韵味以至于新巧。追求那种「伫倚危楼风细细，淡烟流水画屏幽」的冲淡意境。

· 北宋的东京与南宋的临安，都是当时的政治中心，又是最大的消费人口城市和商业中心，店铺林立、酒肆随处可见。在宋人张择端的《清明上河图》中都有丰富的描绘和展现。据宋人的笔记、话本记载，宋时的酒楼、茶坊都悬挂名人字画，以器皿精洁为号召。

· 辽代陶瓷，受中原影响大都与中原北方各窑所烧器物相似，以烧白瓷为主，也兼烧一些釉色瓷。但受地域影响，有些仍带有浓郁的民族特色，比如白釉刻花皮囊壶。

· 元代银器加工制作工艺精湛，以「朱碧山银槎」这一存世罕见的元代精品为例，即代表了元代银质酒具加工工艺的最高水平。

# 影青蟠螭提梁倒流壶

038

［宋］

◆足径六厘米◆通高一一厘米

·器身为球形，壶流与壶柄用一蟠螭巧妙连接，平底，底中心有一圆洞。

**倒流壶**

倒流壶为宋代的创新品种，以陕西铜川黄堡镇耀州窑的青釉刻花倒流壶最为精美。因需要把壶倒置过来方可装酒而得名。它在设计上的独到之处，注酒时需从壶底中心的小孔注入，壶盖实属装饰，并无实用。壶底小孔与壶内的隔水管相通，隔水管上孔高于酒面。当正置酒壶时小孔不漏酒，壶嘴下有隔水的管壁，入酒时酒不会溢出，这种反注正倒的方法独具匠心，堪称一绝。

# 影青注子注碗

［宋］◆通高二四·三厘米

039

此器由注子、注碗两部分组合而成，属温酒用具。外面的注碗，一般为瓜棱形，用于盛放热水温酒。里边的注子，盛酒器皿。五代时已盛行，是仿金银器而制。注子也叫执壶，北宋早期的注子多有盖，以狮形钮最多。执壶本是由唐代发展而来的一种酒具。到了宋代，上述二者有机结合为一种新的组合酒具。注子、注碗的使用方法，在五代顾闳中所绘《韩熙载夜宴图》的第一段有非常清晰的描绘。

五代顾闳中所绘《韩熙载夜宴图》首段局部

# 白釉花口高足杯

[宋] ◆口径九·八厘米◆足径四·五厘米◆高六·三厘米

040

杯口呈花形，器身呈花瓣状，高圈足且外撇，通体白釉。此杯造型精致细巧，釉色洁白光润，是一件酒具精品。

# 西村窑刻花凤首执壶

041

[宋]◆口四·二厘米◆足八·三厘米◆高一六·八厘米

· 壶口为凤冠形，短颈，颈上凸起弦纹三道，圈足，圆形腹，腹壁上刻有花卉及莲瓣纹，流较直，把柄基本呈直角形，嵌于颈与腹肩上。

· 西村窑瓷制品在国内发现较少，在东南亚特别是菲律宾却有大量出土，说明当时西村窑所烧瓷器是专供外销的。从其造型及纹饰上分析，也符合东南亚地区人们的欣赏口味。

**广州西村窑**

烧瓷有青白釉、青白釉彩绘、青釉及黑釉等几种。它的出现显然与宋代瓷器大量外销有关。广州是宋代重要商港。

# 白釉刻花皮囊壶

［辽］◆通高二六·四厘米◆足径七·四厘米

042

·形制扁圆，短流，肩上有一提梁，周边边缘起线仿造兽皮缝制，作出皮革的缝线，十分逼真。通体白釉，并刻有花纹。此壶系仿契丹族皮囊壶而制。整体造型反映出北方游牧民族酒具的特有风格。

## 皮囊壶

皮囊壶为契丹少数民族游猎时携带，使用起来简便、安全。辽代以烧白瓷为主，也兼烧一些釉色瓷。

五代胡瓌《卓歇图》卷　局部

# 白地黑「内府」字梅瓶

043

[元]◆口径五·八厘米◆足径一二·七厘米◆高三五·七厘米

·瓶小直口微向外撇，丰肩，直圆腹，圈足。通体白釉，只在口沿及瓶的近肩处施黑彩并书有「内府」二字。此瓶胎体厚，造型沉稳庄重。

·梅瓶是宋代的又一创新品，也叫「经瓶」，是盛酒的用具。「内府」二字，则更体现出是官府指定的盛酒用具。

## 龙泉划花执壶

［元］◆口径八·七厘米◆足径一一·五厘米◆高三二·七厘米

044

壶盘口，细颈，溜肩，圆腹下垂，圈足，流较长并向外翻，流与壶颈之间连有一曲形系，壶身处有一曲形把柄，通体施以青釉，并在釉下暗划纹饰，若隐若现。壶体高大厚重，造型端庄沉稳，釉色清亮。龙泉窑青瓷被人们称为「人工青玉」。此壶是玉壶春瓶的变体，却比玉壶春瓶更加美观实用。

### 龙泉窑青瓷

龙泉窑青瓷成熟于南宋，在元代无论生产规模、烧造工艺和装饰等方面都有了较大发展。由于水陆交通的发展和元代对外贸易的需要直接促进了当时龙泉窑青瓷的发展。并由宋代交通不便的大窑和溪口迅速地向瓯江和松溪两岸扩展。其特点是器形高大，胎体厚重。较流行的器物有高足杯、菱口盘、束颈碗、环耳瓶、凤尾尊、蔗段洗、荷叶盖罐等。装饰出现了褐色点彩，并普遍饰有花纹。纹饰采用的印花、贴花和镂刻是这时期新发展起来的。特别是阴文印花是元代龙泉窑的主要装饰手法。

### 处州瓷

元代陶瓷在前代的基础上得到了更大的发展，尤其是对外输出加速了瓷器的生产数量和质量的不断提高。元人汪大渊《岛夷志略》中多次提到，对外国销售的瓷器，用「处州瓷」，或称「处瓷」和「青处器」。南朝鲜新安沉船一次打捞的一万多件瓷器中，龙泉青瓷就占了三千多件，可见龙泉青瓷在外销中的地位和份量。

# 青花凤凰牡丹纹执壶

045

［元］◆口径四·七厘米◆足径七·三厘米◆通高二三·五厘米

壶直口，有盖，圈足，梨形腹，流较长，曲形柄上有一圆环小系，该器所绘纹饰与元代青花器大都构图繁密、层层叠叠不同，为单一的凤凰穿花图案，根据壶形变化而绘，使造型艺术和绘画艺术相得益彰。

明　杜堇《古贤诗意图卷》第七段「童子执壶」

# 朱碧山银槎

［元］◆长一九·八厘米◆高一五·二厘米

046

· 由元代著名工匠朱碧山制作而成。槎形如瘿结老树，槎上坐一道人，高髻云履，长袖宽袍，斜倚于槎上，单手托书，双目凝视，作读书状。正面槎尾刻「龙槎」二字，杯口下刻「贮玉液而自畅，泛银汉以凌虚，杜本题」十五字，槎腹下刻「百杯狂李白，一醉老刘伶，知得酒中趣，方留世上名」五言绝句一首，槎尾后部刻「至正乙酉，渭塘朱碧山造于东关，长春堂子孙保之」楷书款识。

· 此槎杯造型独特新颖，融注了作者的艺术修养和生活癖好，同时也显示了元代铸银工艺的技术水平和艺术取向。

· 朱碧山，字华玉，浙江嘉兴魏塘人，元代末年杰出的银制品铸作工匠。这件银槎是朱碧山为自己制作的一件槎形酒杯。槎的本意为用竹木制成的筏。银槎造型取自仙人乘舟到天河的神话传说。

· 朱碧山制作的槎杯目前存世仅四件，其中两件在中国内地（一在北京故宫，另一件在江苏吴县文物管理委员会），一件收藏在台北故宫博物院，另有一件流失海外，为美国克利夫兰博物馆收藏。

## 槎杯

槎，即木筏，槎杯是附会汉张骞乘槎寻河源的传说而来，目前已知最早的槎杯是元代作品，其形制来源沈从文先生以为：「本来可能是用沉香做成，犀、银均后仿。通属于『酒船』类。是从战国时腰圆形漆玉羽觞，到唐代六曲、八曲金银酒船，宋明发展而成这种浪漫主义形式的工艺品。」另有一种看法则比较大胆，认为是受到巴黎工匠在蒙古帝国都城哈剌和林（Caracorom）宫殿前设计的银树酒局（蒙语的意译，指一种大型的酒具）的启发，但一般认为，还是在元代银工朱碧山以银槎名世之后，这种形制才流行起来。

# 047 银镀金錾花双凤穿花玉壶春瓶

［元］◆口径六·四厘米◆足径七·二厘米◆高三〇·四厘米

此瓶银胎，口折沿，圆唇，细颈鼓腹，平底下接外展圈足。瓶上用錾刻手法，将双凤穿花纹勾画出来，覆以金水将花纹突出。瓶的外底足内有压印「樊」字。此瓶刻工精细，线条流畅，色彩金碧辉煌，代表了元代银器加工的高超工艺水平。錾刻工艺早在唐代就非常盛行，主要是受中亚文化的影响。用银制作而成的玉壶春瓶在历代都非常罕见。

# 酒事 Ⅳ

## 杯酒释兵权

·宋代第一个皇帝赵匡胤自从陈桥兵变，一举夺得政权之后，却担心从此之后他的部下也效仿之，想解除手下一些大将的兵权。于是在九六一年，安排酒宴，召集禁军将领石守信、王审琦等饮酒，叫他们多积金帛田宅以遗子孙，歌儿舞女以终天年，从此解除了他们的兵权。在九六九年，又召集节度使王彦超待宴饮，解除了他们的藩镇兵权。宋太祖的做法后来一直为其后辈沿用，主要是为了防止兵变，但这样一来，兵不知将，将不知兵，能调动军队的不能直接带兵，能直接带兵的又不能调动军队，虽然成功地防止了军队的政变，但却削弱了部队的作战能力。以至宋朝在与辽、金、西夏的战争中，连连败北。

## 《韩熙载夜宴图》卷

· 五代顾闳中的《韩熙载夜宴图》卷所表示出的酒对韩熙载至关重要，起到掩护他的作用。韩熙载出身北方豪族，「词学博赡，颇有才干，入南唐官至中书侍郎。自谓「用吾为相，当长驱以定中原。」时南唐后主李煜「颇疑北人，多以死之。」面对君主的猜忌，韩熙载只得以「放意杯酒间，致妓乐殆百数以自污」之策，使李后主误认他为酒色之徒而放过了他。在这场政治、权力斗争中韩熙载这位高士，以其好酒名及声色，侥幸保全了身家性命，该图作者顾闳中，五代南唐画院待诏，他奉李后主命潜入韩府，目识心印，绘画以进，顾氏这唯一传世的作品堪称中国绘画史高峰时期的杰作。而且在画卷的首段中出现的宴饮场面，桌案上放置的注子、注碗以及杯盘等对研究当时酒具发展与酒具的形态提供了真实的形象资料。

· 由此可见，酒在人类生活中能扮演各种角色，而且看来变化无穷。酒可以点燃、激发人们的情绪，也可以给予他们在政治上的掩护作用。

## 如梦令

李清照

昨夜雨疏风骤，浓睡不消残酒。
试问卷帘人，却道海棠依旧。
知否？知否？应是绿肥红瘦。

## 清平乐

辛弃疾

少年痛饮，忆向吴江醒。明月团圆高树影，十里水沉烟冷。

大都一点宫黄，人间直恁芬芳。怕是秋天风露，染教世界都香。

## 赵孟頫《酒德颂》卷

• 《酒德颂》是刘伶所作的中国文学史上著名且独特的篇章，在当时便颇受关注，广为传颂。《昭明文选》、《世说新语》、《晋书·刘伶传》等都选入此篇。其文曰：

有大人先生，以天地为一朝，万期为须臾，日月为扃牖，八荒为庭衢。行无辙迹，居无室庐，幕天席地，纵意所如。止则操卮执觚，动则挈榼提壶，唯酒是务，焉知其余。有贵介公子、搢绅处士，闻吾风声，议其所以，乃奋袂攘襟，怒目切齿，陈说礼法，是非蜂起。先生于是方捧甖承槽，衔杯漱醪，奋髯箕踞，枕麹藉糟，无思无虑，其乐陶

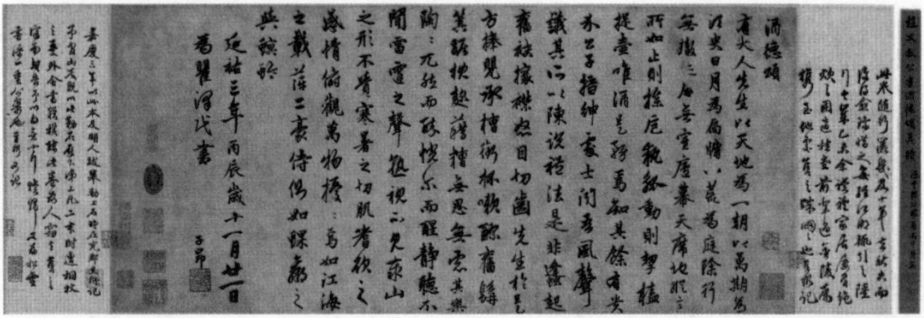

赵孟頫书《酒德颂》卷

陶。兀然而醉，恍尔而醒。静听不闻雷霆之声，熟视不睹泰山之形。不觉寒暑之切肌，利欲之感情。俯观万物，扰扰焉如江汉之载萍。二豪侍侧，如蜾蠃之与螟蛉。

## 苕溪

元　戴表元

六月苕溪路，人言似若邪。渔罾挂棕树，酒舫出荷花，碧水千塍共，青山一道斜。人间无限事，不厌是桑麻。

第五部分……

# 明清时期的酒具

·从一三六八年到一九一一年历时近六〇〇年，是中国历史上的明清时期，是中国古代工艺水平发展的高峰时期，工艺门类齐全。这一时期酒器工艺繁复、材质多样，金、银、珐琅酒具的精美华贵，瓷、玉、竹、牙酒具的妙造自然，更有集天然与人工于一体的匏制酒具，「巧夺天工」正是对此时酒具的最好概括。

·明代瓷质酒具，一改瓷器大都厚重沉稳之感而变得精美轻盈，明代的景德镇已真正成为了全国的制瓷中心，得天独厚的自然资源及「工匠八方来」的人才优势，使其烧出的瓷器愈加精美绝伦。瓷质酒具的品种也在不断推陈出新，就连宫廷也对它情有独钟，并派人专门监督，烧造宫廷御用瓷器。

·金制品流行于汉代，盛行于唐代，都是因为皇宫贵族的推崇。明清时期的金银酒具的加工、制作技艺在继承前代成就的基础上继续发展。清朝皇帝对金制品非常喜爱，宫中的用金量很大，尤其是康熙、雍正、乾隆三朝。政治稳定，经济繁荣，酒文化全面发展，金银酒具的加工、制作工艺更加精湛，錾刻更崇尚华贵富丽的风格，既是实用品，又颇具装饰效果。

· 以实物遗存来看，制作酒具的材质以陶、青铜、漆、玉、瓷、金银等为主流，但在此之前，还应经历了一个利用竹、木、匏、角等天然材质的过程，明清时期犀角酒器的器型以各种式样的杯盏为多，碗、盂、爵、鼎、槎形杯等也占据了相当的比例。

· 匏器又称葫芦器，是中国特有的一种工艺品。清代宫廷也有计划地专门种植葫芦，并命工匠制作出各式各样的精美模具。

· 锡制品则多生产于明代，普及于清代到民国时期。

# 瓷质酒具

·明代瓷质酒具，一改瓷器大都厚重沉稳之感而变得精美轻盈，明代的景德镇已真正成为了全国的制瓷中心，得天独厚的自然资源及「工匠八方来」的人才优势，使其烧出的瓷器愈加精美绝伦。瓷质酒具的品种也在不断推陈出新，就连宫廷也对它情有独钟，并派人专门监督，烧造宫廷御用瓷器。这时有些民窑也被用来兼烧官窑瓷器。官窑瓷器一般在底部都书有本朝年款，少数无款者，多为民窑进贡产品，他们都是经过了严格筛选后留用宫中的。虽然青花瓷在元已有，但到了明代随着中外交往不断扩大，在传播制瓷技术的同时，国外特有的制作青花瓷器的主要釉料——苏麻尼青料也被带回了国内。此外，各种颜色釉瓷也在不断推出，蓝釉色泽沉稳庄重，红釉浓丽莹润，黄釉娇艳亮丽……不胜枚举。明代的瓷制酒具，比元代可以说又上了一个新台阶。

· 清代的瓷器制作仍以景德镇独领风骚。特别是康、雍、乾盛世制瓷业臻于鼎盛。堪称我国陶瓷史上的黄金时代。清代继承发扬了明代传统的青花五彩，并创新了粉彩、珐琅彩和古铜彩，还出现了多品种的单一色釉，如红釉、黄釉、绿釉、蓝釉、紫釉、茶叶末釉等。而镂雕、转颈、转心的工艺更是如有神授。这一时期的酒具也屡出新品，愈加精美考究，使用上也更为细化。清代瓷器能有如此精湛的瓷艺技术，应该说与宫廷的直接参与有着很大的关系。

# 青花玉壶春瓶

［明 永乐］◆口径七厘米◆足径一〇厘米◆高二七厘米

048

· 瓶撇口，细长颈，圆腹下垂，圈足，通体白釉。用青钴料绘制的如意纹、云头纹、缠枝串枝纹、缠枝牡丹纹，构图饱满、层次分明。青花色泽浓丽沉稳。

· 玉壶春是由「玉壶先春」得名。此种造型为宋代创制。

**青花瓷**

青花瓷元代就有，在明代已达到了成熟，并成为了主流产品。不仅国人喜爱，外国人更加乐于收藏，行销到了欧亚。早期的青花色泽浓艳，带有黑紫色的斑点，质量很高、数量很大；中期的则蓝色淡雅、幽细润洁；晚期颜色则浓翠分明，这些不同之处是使用的不同钴料而产生出的不同的艺术效果。

明代早期的青花产品，它使用的是一种进口的叫「苏麻尼青」的钴料而烧制出的，在所画的青花四周就有一种结晶的斑点，也叫「晕散」，这就是明代早期青花的最大特点。

# 宣德青花花卉纹执壶

049

［明·宣德］◆口径六·三厘米◆足径一〇厘米◆高二九·三厘米

·壶直口，长颈，筒形身，圈足，颈侧有一方形曲流，曲形如意柄。此壶造型取用阿拉伯的金属器造型，是中西方文化交流的产物。

明人绘《宣宗行乐图》局部

# 青花加彩三秋杯

050

［明·成化］◆口径六厘米◆足径二·六厘米◆高三·八厘米

·杯敞口，圈足，外底青花双框内书「大明成化年制」六字双行楷书款。此杯造型精巧玲珑，胎白体轻，纹饰上绘以秋天的景色，秋季有三个月，故有三秋之称。此杯所描绘的正是秋天美景，故称三秋杯。

·青花加彩与斗彩的不同之处在于，斗彩是以青花勾勒的图案为绘制画面的基础，而青花加彩的绘画施展空间就要更随意一些，但严格地讲，它还应属于斗彩的范围。

# 蓝釉刻兽执壶

［明·嘉靖］◆口径五·五厘米◆足径七厘米◆高一九·五厘米

051

壶小盘口，细颈，溜肩，腹呈扁圆形，圈足，有弧形流与曲形柄相衬。壶里施白釉，外壁则施蓝釉，并加开光作装饰。开光内浅刻一兽，施以赭色。此壶蓝釉色泽沉艳幽暗，造型纤巧轻盈。蓝釉加开光这种装饰手法在瓷器中并不多见。

# 白釉黑花带诗文小口坛

052

[明]◆口径一九·五厘米◆足径二三厘米◆高七一·五厘米

·坛口外卷，短直颈，丰肩，肩下呈筒形腹，平底。器的上半部分均施划黑彩，下半部分白釉无彩绘。从颈上开始施以纹饰，肩下书写有与酒相关的诗文，再配以串枝纹，洒脱飘逸。此器为民间用器，具有浓郁的乡土气息，给人以粗犷朴素的美感。

·坛身诗句释文：堪笑古希人，杯中物频斟。知音有谁是，徒劳去润（问）津。

# 053 康熙款仿成化青花团凤杯

［清·康熙］◆口径九厘米◆足径三·九厘米◆高一三厘米

杯为敞口，圈足，足底内青花双圈「大明成化年制」六字三行楷书款。此杯反转过来为古钟形，也可叫仰钟式酒杯。杯身上绘有三组团凤纹，下绘礁石、海水纹，纹饰构图疏密有致，青花淡雅恬静，极富装饰性。

# 康熙青花缠枝菊花腰鼓式瓶

054

［清·康熙］◆口径一厘米◆足径五·五厘米◆高一五厘米

瓶小直口，丰肩，鼓腹，圈足。瓶身绘缠枝菊花纹饰，满而不乱。此瓶从造型上看，应为外出随身携带的酒具。

## 055 康熙仿成化斗彩鸡缸杯

［清·康熙］◆口径七厘米◆足径二·八厘米◆高三·六厘米

·杯撇口，弧壁，卧足。并有「大明成化年制」和「大清康熙年制」六字楷书款识书于杯底。

·这件康熙仿明成化斗彩鸡缸杯，是以明代成化年间的斗彩鸡缸杯为蓝本。康熙、雍正、乾隆三朝均有仿制，又以康熙朝所仿鸡缸杯最为精良、水平最高，风格素雅清丽，造型纤巧玲珑，为世人所珍爱。

**斗彩瓷器**

明代成化时期新发展起来的一种彩瓷杰作。这种彩瓷由于是从釉下青花发展到釉上加彩，并把两种彩同时运用于一件瓷器上，形成釉下、釉上彩相斗媲美，故名「斗彩」。

# 056 康熙款金地蓝彩团寿盅

［清·康熙］◆口径六·二厘米◆足径二·五厘米◆高四·五厘米

·杯敞口，弧壁，小圈足，外底青花双圈内书「大清康熙年制」双行篆书款。外壁施满金彩，金彩上用蓝彩勾绘团寿纹四组，盅里为白釉。

·此杯的制作目的十分明确，为皇帝庆寿时所用的酒器，是一件精美难得的上好饮酒器。

**金彩**

金很早就开始在陶瓷上使用了。在四川出土的唐墓葬俑的身上就用漆粘贴金箔。宋代定窑也有用金箔粘贴的瓷器。到了清代，金箔被金粉所替代，因其工艺复杂、耗金量又大，一般只在高档瓷器上使用。

# 康熙五彩花卉杯

［清·康熙］◆口七·九厘米◆足三·三厘米◆高一〇·七厘米

057

杯敞口，深腹，圈足，无款识，杯里施白釉，外壁以红绿色为主色调，绘以简洁的花朵，色彩悦目艳丽，洁白的质地加以艳丽的花朵，使画面富于跃动，构图疏朗简洁。

**五彩瓷器**

明嘉靖时期创烧的品种。万历时期又得到很大的发展。釉上五彩加镂空与雕塑并运用开光图案以突出主题的装饰手法为其特点，彩色色调对比强烈，大红大绿，浓艳凝重，显得粗犷豪放而有别于成化斗彩与嘉靖五彩风格。明代五彩浓艳俗媚、画法粗犷，而清代五彩则柔美典雅，画法多规整俏丽。

## 058 康熙五彩十二月花卉杯

［清·康熙］◆口径六·六厘米◆足径二·八厘米◆高五厘米

· 杯敞口，圈足。足内青花双圈「大清康熙年制」两行楷书款。胎轻体薄，色彩清新淡雅，釉色细润洁白。

· 十二月花卉杯以十二件为一套，按照一年十二个月分别在杯上绘制代表各月的花卉，再配以诗句。这种套杯构思巧妙，风格新颖。

# 雍正款霁蓝釉小杯

059

［清·雍正］◆口径七·二厘米◆足径二·九厘米◆高三·七厘米

·杯撇口，弧壁，圈足。足内青花双圈「大清雍正年制」两行楷书款。器里施白釉，外施霁蓝釉，胎薄体轻，造型精良规整。

·此类霁蓝釉器物只有在祭祀时才可使用，因此又称之为祭蓝釉。

**蓝釉和黄釉**

蓝釉和黄釉器只能在皇帝举行重大的祭天地仪式时方能使用。蓝色代表着「昊天」，「昊」的本意是「广大无边」。黄，原是人们对远古皇帝的尊崇，黄又是颜色的一种，并被宫廷所专用，代表着皇帝至高无上，所以蓝釉和黄釉小酒杯也应是皇宫在祭天地时才能使用。

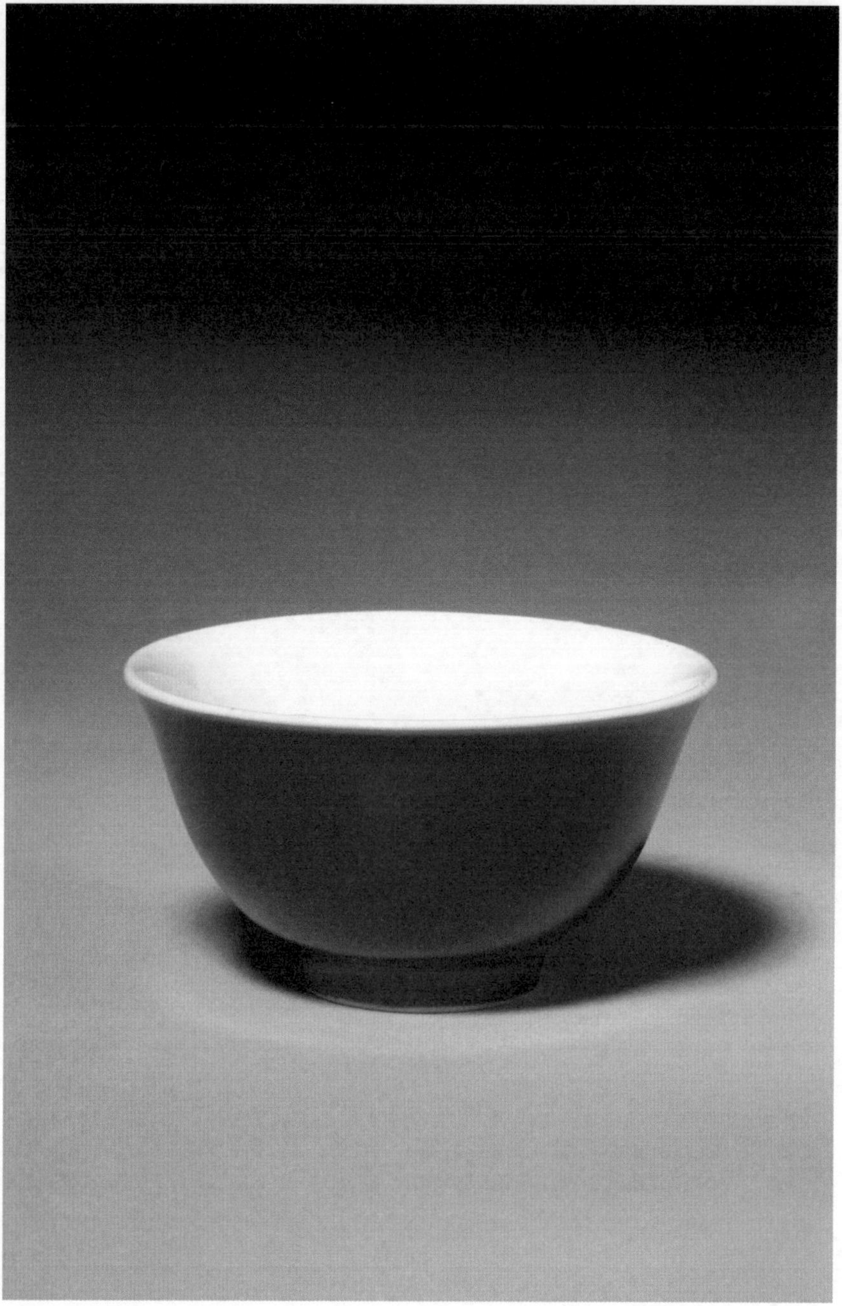

# 雍正款黄釉白里盅

060

[清·雍正] ◆口径六·七厘米◆足径二·九厘米◆高五厘米

·盅敞口，圈足。足内青花双圈「大清雍正年制」两行楷书款。器里施白釉，外施黄釉，釉色纯正，釉面光亮莹润。

·清宫规定，黄釉白里盅只有皇帝在重大仪式或祭祀时才能使用。

清人绘《胤禛行乐图》[曲水流觞图]

## 061 雍正霁红釉酒盅

[清·雍正] ◆口径五·四厘米◆足径二·三厘米◆高三·八厘米

·盅撇口，圈足，外底青花双圈内书「大清雍正年制」楷书款。盅里白釉，外壁红釉到底。造型纤巧，釉色莹润饱满，此盅无论造型还是釉色，都达到了艺术的极致，是十分难得的珍品。

·霁红的烧成难度较大，成品率很低，人们通常把它称为「火的艺术」。

**祭红**

「祭红」又名「霁红」因常用做祭器，故而得名，也称「鲜红」或「宝石红」。因为这种红釉的烧成十分不易，传说古人在配制这种红釉时加入了红宝石、珊瑚、玛瑙等珍贵的颜料，可谓不惜工本，成品率极低，百里挑一不为过也。

清人绘《雍正行乐图册》第十五开

[图右下方地上放置酒壶、酒杯]

062

# 乾隆仿古款粉彩鸡缸杯

［清·乾隆］◆口径八厘米◆足径四厘米◆高七厘米

杯敞口，弧壁，圈足，杯底内书有「大清乾隆仿古」款识。此杯不但画工精良，而且有乾隆皇帝的题词，他在词中评注了历代名窑瓷器，同时也赞美了此件鸡缸杯。此杯应为皇宫督烧而成，是一件御用瓷器珍品。

**粉彩瓷器**

粉彩瓷器是康熙时期的首创，它是从珐琅彩派生出来一个彩瓷新品种。因起料中加入铅粉，故称其为「粉彩」。雍正、乾隆时期得到很大发展。

**丁观鹏《夜宴桃李园图》卷 局部**

李唐越器人間無趙
宋官窯晨星看殷周
鼎彝世頗多堅脆之
質於焉辨堅樸脆巧
久豐分立德識行義
可玩朱明去此弗甚
遙宣成雅具時猶見
寒芒秀采總稱珎就
中雞缸家為冠壯丹
麗日春風和牝雞逐
隊雄雞絢金尾鐵距
首昂藏怒勢如聽賈
昌喚良工物態肖無
遺趣華風氣隨時變
我獨警心在齋詩不
敢耽安與以晏
乾隆丙申御題

063

# 乾隆青花开光花果带盖执壶

［清·乾隆］◆口六·四厘米◆足一〇·二厘米◆高三〇厘米

壶撇口，带盖，细颈，垂腹，圈足，弯流较长，柄呈弧形，外底青花篆书「大清乾隆年制」楷书款，整体造型端庄平稳。此件青花开光花果带盖执壶是乾隆朝上好的酒具之一，应是官窑器。乾隆青花器绘以花果图案的较多，构图都较为饱满。

## 064 红彩绳纹杏花村酒坛

[清]◆通高一五厘米◆口径四·八厘米◆底径六厘米

·器体大小适中，小口宽肩，器形稳重大方。坛体施釉上低温红釉，又饰凸起的黄色瓷制绳状提兜样纹，以模仿酒坛上的防护网绳。在坛的肩部还用墨彩书写有「状元红」、「老酒」字样，下部有「浙绍德润濂记」字样，说明其为装浙江绍兴黄酒——状元红的专用酒坛。

·此器工艺精巧，表现出质朴自然的野趣。酒坛的大小恰可提在手中。精美的装饰，置于豪华酒宴，也不显粗鄙。

# 反瓷镂空荔枝式杯

065

［清·乾隆］◆通高五·八厘米◆长一二厘米◆宽八·五厘米

这是一件乾隆年间的象生瓷异形酒杯。施以金彩的枝干，巧妙的成为酒杯的把手。在枝干上结有两个荔枝，荔枝运用了反瓷的手法，又在上边密密麻麻地点上了白色的釉点，突出表现荔枝的质感。两个荔枝中一个是完整的，另一个是剥开的半个。完整的荔枝中空，上端有镂空的网格，用来过滤酒渣，滤好的酒由内部的暗孔流向另一侧那半个荔枝，而这一半的荔枝内有银制的里儿，才是真正饮酒的酒杯。在滤酒的网格上还镂空有两行字迹：「叶分君子绿，果夺状元红。」说明此杯是用来饮用状元红一类的黄酒的。黄酒中往往加入许多配料，需要过滤。

整个作品将复杂的工艺、吉祥的寓意、实用的功能结合在一起，表现出高超的艺术水准。

066

# 嘉庆款红彩云龙盅

[清·嘉庆]

◆通高四·七厘米◆口径六厘米◆底径二·八厘米

此杯敞口，圈足，曲线流畅，器形优美，倒置形态酷似钟，故称为酒「盅」。器底有「大清嘉庆年制」竖排双行篆书款。

在装饰上，此杯采用釉上红彩描绘图案，再次入炉用低温烧制。杯身绘有舞动的云龙，下方饰以海水图案。这件嘉庆红彩云龙酒盅上所绘的云龙，线条虽然一丝不苟，但缺少灵气。事实上，清代中期以后的官窑器，多规矩有余，而生气不足。

## 宜兴窑绿地粉彩公道杯

067

［清］◆通高六厘米◆口径一二厘米

·杯口起伏，流动自然。杯身下有三足。器形呈仰置的荷叶状，以宜兴紫砂为胎，外施绿釉，其上以团花为点缀。杯内中心为一梳双髻，袒胸露腹，笑容可掬的仙人。仙人形象并未施釉，而是直接以紫砂来表现其自然的质感。仙人怀抱一施黄彩的圆柱，下有一小孔直通杯底。圆柱顶端有五个红点，分别指向在座饮酒之人。圆柱中空，内有紫砂陶质细长浮柱，作寿星形状，为行令之用。此件公道杯为光绪年间所造。

### 公道杯

公道杯产生于宋代。以清光绪年间制的宜兴窑绿地粉彩公道杯为例，既是一件实用器，又是一件让人猎奇、娱乐的玩具，在人们推杯换盏的时候起到了助兴的作用。杯中有一凸起的小圆柱，柱上有一小孔，孔内有一泥塑老寿星，作为倒酒的标尺，当酒慢慢倒入杯中时，孔中的老寿星则慢慢上升，上升到一定的高度时如果还在继续斟酒，则被视为有失公允，倒入的酒就会通过「虹吸现象」使杯中的酒一滴不剩全部流出，设计巧妙独到。

# 黄酒坛

［清］◆通高四三·五厘米

068

·宫廷用酒主要来源是地方进贡，若宫中有重大事件，更会有诸多名酒进入宫中。黄酒主要产于江浙一带，其中尤以浙江绍兴黄酒最负盛名。目前故宫博物院仍收藏有清宫遗留下来的黄酒四坛。百多年来，这些黄酒深藏宫中，如今妥善地保存在库房之中。每每打开专门收藏这些酒的柜子，顿时黄酒的醇厚绵香之气扑鼻而来。

·酒坛上绘有龙凤图案，寓「龙凤呈祥」之意。坛身与酒坛封泥上均书有「囍」字，因而这些黄酒应是皇帝大婚时由浙江进贡到宫中的。从酒坛的制作工艺和图案描绘技法来看，它们应制作于清代晚期，或为清代光绪皇帝大婚时进入宫中的。

# 酒事 V

## 醉樵歌

张简

东吴市中逢醉樵，铁冠欹侧发飘萧，两肩矻矻何所负？青松一枝悬酒瓢，自言华盖峰头住，足迹踏遍人间路，学剑学书总不成，惟有饮酒得真趣。管乐本是王霸才，松乔自有烟霞具。手持昆冈白玉斧，曾向月里斫桂树。月里仙人不我嗔，特令下饮洞庭春。兴来一吸海水尽，却把珊瑚樵作薪。醒时邂逅逢王质，石上看棋黄鹄立。斧柯烂尽不成仙，不如一醉三千日，于今老去名空在，处处题诗偿酒债。淋漓醉墨落人间，夜夜风雷起光怪。

## 临江仙

杨慎

滚滚长江东逝水，浪花淘尽英雄。是非成败转头空。青山依旧在，几度夕阳红。

白发渔樵江渚上，惯看秋月春风。一壶浊酒喜相逢。古今多少事，都付笑谈中。

## 吴门春仲送李生还长安

钱谦益

阑风伏雨暗江城，扶病将愁起送行。烟月扬州如梦寐，江山建业又清明。

夜乌啼断门前柳，春鸟衔残花外樱。尊酒前期君莫忘，药囊我欲傍余生。

## 村饮

黎简

村饮家家醵酒钱，竹枝篱外野塘边。谷丝久倍灵常价，父老休谈少壮年。细雨人归芳

草晚，东风牛藉落花眠。秧苗已长桑芽短，忙甚春分寒食天。

## 药酒疗疾

· 酒是一种良好的溶剂和防腐剂，我国的中药医师利用这些特性，研制出许多药用酒品，

用以保健祛疾。早在夏、商、周时期，酒就被医师用于临床治疗。《礼记·杂记》中载「病

则饮酒食肉」。以药物入酒制成专门的药酒，最早的当属椒酒。而大家熟悉的菊花也可以作药入酒，《本草纲目》中说菊花有祛风、明目、平肝、清热的功效，因此以菊花制成的药酒十分适于老年人饮用。药酒在《本草纲目》中还有大量的记载，如地黄酒、枸杞酒、生姜酒等等。

## 药酒泡制

· 李时珍在《本草纲目》中说「（酒）用制诸药良」。利用酒液浸泡药物，使其有效成分析出在酒液中，人饮酒液，可达疗疾健身之功。酒能与诸种药物相配合，许多药物都可以用来泡制药酒，动物类如鹿茸、龟甲、虎骨、狗肾，以至蛇蝎均可泡制药酒，而植物类如参、桂、根、果等药物也可以制成各种药酒。

## 中国酒名

· 中国有数千年的酒文化史，酒的品类繁多。汉代文献所记之酒名已相当丰富。以原料命名的有黍酒、秫酒、米酒、葡萄酒。以时令命名的有春酒、春醴、冬酒、冬酿。以酒色命名的有黄酒、白酒、醽醁酒、金浆醪。以形态又可分为液态酒和冻酒。一九六四年我国的酒业专家根据香型风格，对酒进行了新的分类，分为酱香型、浓香型、清香型、米香型、兼香型、凤香型六类。

# 玉酒具

·玉酒具由于材质珍稀名贵，工艺精美华丽，历来被人们视为上等的珍品，因此，自古就是皇家、贵族、高官、富豪酒宴上的奢侈品，到明清时期发展到极致。这一时期还出现了许多仿古、仿青铜器器型的玉酒具，尤其明代崇古、摹古、仿古思潮日盛，如：明代玉三足环把盖樽、玉角杯等。既是实用酒具，又是珍贵的陈设装饰品。

·明朝建立初期，太祖朱元璋沿袭宋、元以来的尚玉观念，揭开了明代宫廷琢玉工艺新的一页。宫廷玉酒具更加明显地趋向于追求装饰性，讲求工艺美的格调。明代宫廷用玉的来源主要是通过受贡和交易，由新疆和阗得来。贡玉质地良莠不齐，针对曾出现的以次充好现象，朝廷遂对贡玉的品质进行了严格的要求，对于「籍所不载」之玉，只「许自行贸易」。制作上，明朝廷则大力搜罗元代宫廷以及浙江杭州等地的玉工琢制宫廷用玉。种类上，宫廷用玉除朝廷冠服装饰、佩饰、祭祀用玉以外，玉酒具也是重要品种之一，包括尊、爵、壶、杯、托杯、卮、盅等，尤以壶、杯最为多见。这些明代宫廷玉酒具不但玉质莹润，工艺考究，而且具有鲜明的时代特征。

・清代宫廷玉器的繁荣和辉煌应该是称为「盛世」的乾隆时期，一方面是因为乾隆二十四年（一七五九年）清军平定了新疆地区准噶尔和回部的叛乱，打通了新疆和阗、叶尔羌地区的玉料运输渠道，平均每年约有四〇〇〇余斤的玉子贡入宫廷，到嘉庆十七年（一八一二年）贡进清廷的玉石多达二〇〇余万斤。充足的玉材是宫廷用玉丰富和繁荣的保证。另一方面乾隆皇帝嗜玉成癖，鉴藏古玉超过历史上任何一位皇帝，对古玉的保护、收藏，对时玉的制造都起了积极的推动作用。元代宫廷玉工制作的大型贮酒器「渎山大玉海」，就是乾隆皇帝从西华门外真武庙以千金易得，重新收入宫中。

・清代宫廷玉器的琢制，主要由清宫造办处玉作、如意馆玉作以及北京、苏州专诸巷承做。这些地方名匠荟萃，在器形设计、琢制工艺等方面，不但继承前代传统，而且不断创新。尤其在玉酒具器形方面集前世历代酒具器形于一身，形制多样，无论是壶、杯，还是樽、觥，其器形设计都显出雍容、沉稳、尊贵、大方的特点，纹饰大多选用龙、凤等富贵吉祥图案，工艺细腻精致。最为常见的是杯，其形制变化也最丰富。

# 青玉竹节杯

［明］◆口径七·五×三·九厘米◆高一〇·五厘米

069

杯作扁圆竹节筒状，体间一侧微微弧弯。以一竹节为杯底，并琢有圈起的縠纹。镂雕一卷曲竹竿为柄，杯身两面各雕一组竹叶，与杯形呼应，清雅高洁，为明代玉器中的代表作品。该器玉料为新疆和阗产的青白玉，局部有浅黄色斑沁。

# 子刚款白玉单凤双螭万寿合卺杯

〔明〕◆高八·三厘米◆口径五·八厘米

070

·此杯由一块整玉雕琢成两个相连的直筒式杯。杯身上下各琢饰一周钮丝绳纹，表示将两个杯子捆扎在一起，寓意「合卺」。杯身两侧分别镂雕凤和双螭作为杯把。双螭之间以绳纹结口，上琢一方形饰，上刻隶书「万寿」二字。杯身两侧以剔地阳文隶书体分别刻有：「湿湿楚璞，既用既琢。玉液琼浆，钧其广乐」。末署「祝允明」三字名款。诗的上部有杯名「合卺杯」三字。另一侧刻诗句：「九陌祥烟合，千香瑞日明。愿君万年寿，长醉凤凰城」。诗上端与「合卺杯」杯名相对称处有「子刚制」篆书款。

·此「合卺杯」应该是给明代某皇帝结婚时的贡品，风格古朴典雅，诗词浪漫且富有情趣。构思巧妙，将名家诗词、书法集于一器，堪称传世佳作。此杯也是明代仿古玉酒具中最为著名的的作品之一。

·祝允明是明代著名诗人、书法家，名闻朝野。陆子刚，江苏太仓人，后迁居苏州，明嘉靖、万历（一五二二—一六二〇年）年间人，琢玉名手。擅长减地阳文、镂空、净雕等技法，作品以奇巧取胜，风格独特。

## 合卺杯

明人胡应麟在《甲乙剩言》里也对这类合卺杯有过描述。然而，检点考古发掘所得，可知双联杯的形制早在新石器时代的陶器中就出现过。而在湖北荆门包山二号墓出土的战国彩凤双联漆杯，以竹、木为主制成，作怪鸟负双杯状，中有竹管相通，是目前所见较早的以鸟兽过渡的双联杯。河北满城西汉窦绾墓内又出土一件铜错金嵌绿松石双联高足杯，中间为怪鸟衔玉环，立于兽背上。由于该器形见于楚文化及深受楚文化影响的汉代墓葬中，而楚人尊凤贱虎，所以怪鸟应即凤鸟，而异兽则似为虎，这样才比较讲得通。至于此种器物是否为古代婚礼上喝交杯酒的专用酒器，可能还需要进一步探讨。

合卺为古代结婚时的一种仪式。古时男女结婚时，新郎新娘各执一瓢饮酒漱口，以示百年好合，后称结婚为「合卺」。卺即瓢，将一个匏瓜（葫芦）一分为二即为两个瓢，是古代婚礼所用的酒器。

# 青玉八仙执壶

［明］◆通高二七厘米◆口径七·八×六厘米◆足径八·二×六·五厘米

071

壶呈扁圆形，细颈阔腹，圈足，高盖，盖钮镂雕寿星骑鹿。夔形柄，柄上镂雕一兽。壶颈与流之间镂雕卷云纹连接。壶腹部雕有八仙、花草、山石等图案。壶颈两面分别雕剔地阳文草书五言诗各一首，其一为：「玉斝千巡献，蟠桃五色匀。年来登鹤算，海屋彩云生。」末署：「长春」。其二为：「芳宴瑶池熙，祥光紫极缠。仙翁齐庆寿，愿寿万千年。」末署：「永年」。纹饰和诗文皆为吉祥图案和词语，寓意长寿。

# 072 碧玉葫芦万代莲座高把杯

［清］◆口径七·四厘米◆足径七·四厘米◆高一八·一厘米

玉料为新疆和阗碧玉。杯为一对，由杯与杯柄两部分连接而成。杯体似倒钟铃型。柄为葫芦形，柄下为双层圆座。杯与葫芦型柄之间有一俯仰莲瓣形座。杯身、杯柄、杯座上分别雕饰藤、蔓、葫芦、缠枝莲、莲叶纹、雷纹等纹饰。此杯造型独特，做工细腻。为清宫旧藏。从器物造型与纹饰等方面看，这对玉杯应是陈设或把玩的。

# 073 痕都斯坦白玉单耳叶式杯

［清］◆口径一一·三厘米×七·九厘米◆高四·五厘米

杯呈花叶形，单耳为叶蔓，杯身以写意的手法刻叶筋，非常简洁。此杯为白玉质地，玉质润白如羊脂，精美华丽，具有痕都斯坦玉器的典型特征，杯形独特而新奇。

**痕都斯坦玉器**

提到清代宫廷玉器，不能不提痕都斯坦玉。清代将印度北部，包括克什米尔、巴基斯坦、土耳其及部分中亚地区的玉器统称为「痕都斯坦玉器」。痕玉的艺术风格受波斯文化影响，具有浓厚的伊斯兰艺术特征，造型讲求变化，胎薄体轻，装饰图案繁密，色彩艳丽，对比强烈。痕都斯坦玉器于乾隆年间进入清宫内廷，倍受乾隆皇帝的喜爱。清宫玉作和民间玉肆都有仿痕都斯坦玉器出现，大多造型新奇，工艺精臻。

# 青玉瓜棱执壶

074

［清］◆口径五·六厘米◆足径七厘米◆高二六·七厘米

青玉质地。壶为圆口，壶腹为瓜棱形，莲座足，高颈，圆盖，曲柄。壶肩雕一圈缠枝纹，壶嘴处嵌一金圈装饰。玉质莹润，工艺精致，为痕都斯坦玉器风格。

# 黄玉蟠桃觥

［清］◆高二三·二厘米◆口径九·三×四·二厘米

075

此件作品为黄玉质地，黄玉为新疆出产的玉石中非常珍贵的品种。觥呈上宽下窄的不规则柱形，觥口一端镂雕一爬行状螭螭为柄。觥身雕饰云纹。觥身下部凸雕龙首，龙发上披成器托，龙双角雕于发下为器足。构思非常巧妙，工艺细腻精致，无论玉质、器形设计，还是工艺技巧，均为清代宫廷玉酒具中的精品。觥，在商周时期的青铜器中非常多见，而用玉制作的就非常少见。

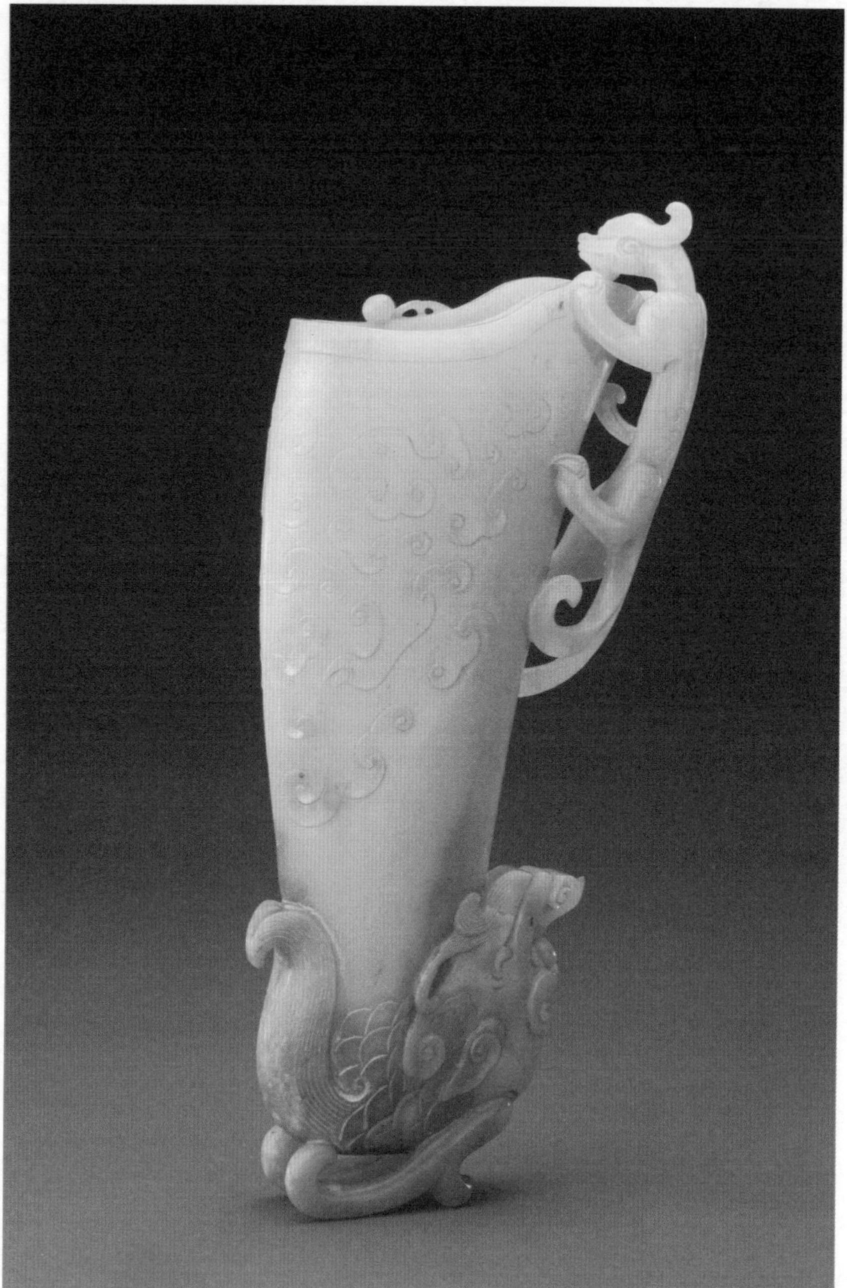

唯有饮者留其名……

# 酒事 VI

## 桃花庵歌

明　唐寅

桃花坞里桃花庵，桃花庵下桃花仙；桃花仙人种桃树，又摘桃花卖酒钱。酒醒只在花前坐，酒醉换来花下眠；半醒半醉日复日，花落花开年复年。但愿老死花酒间，不愿鞠躬车马前；车尘马足富者趣，酒盏花枝贫者缘。若将富贵比贫贱，一在平地一在天；若将贫贱比车马，他得驱驰我得闲。别人笑我忒疯癫，我笑别人看不穿；不见五陵豪杰墓，无花无酒锄做田。

## 草书《太白酒歌》轴

· 明　宋广

· 小传：

· 宋广（公元十四世纪）字昌裔，河南南阳人，明初书法家。善画，长于草书。师法张旭、怀素，略变其体，笔法秀劲流畅。与宋克、宋俱以擅书知名，世称「三宋」。

· 释文：

天若不爱酒，酒星不在天。地若不爱酒，地应无酒泉。天地既爱酒，爱酒不愧天。正闻清比圣，复道浊如贤。贤圣既已饮，何必求神仙。三杯通大道，一斗合自然。但得醉中趣，勿谓醒者传。昌裔为彦中书。

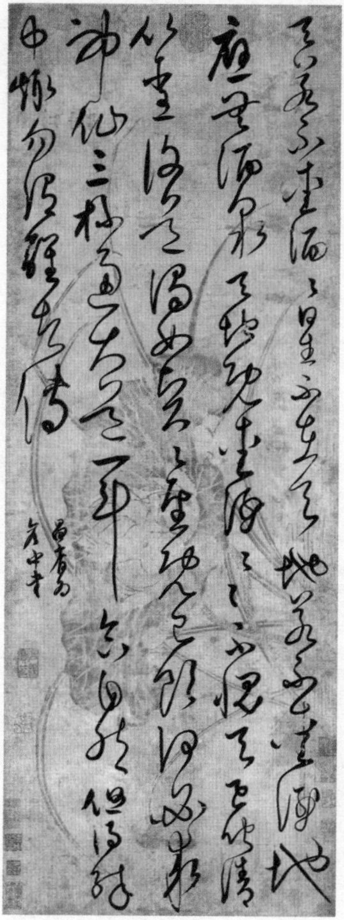

明　宋广草书「太白酒歌」

# 金银酒具

金制品流行于汉代，盛行于唐代，都是因为皇宫贵族的推崇。特别是唐代皇帝对其喜爱备至，在唐代的宫宴、贵族的大宴上均有金杯、金盘、金酒壶出现，显示了当时国力的强大。金银制品不仅贵重而奢华，同时也代表了财富和地位。

金银酒具只能出现在皇宫贵族的酒案上，一般官吏、士大夫也很难拥有。因此，以金银制作的酒具属于皇家贵族用具。明清时期的金银酒具加工、制作技艺在继承前代成就的基础上继续发展。清朝皇帝对金制品非常喜爱，宫中的用金量很大，尤其是康熙、雍正、乾隆三朝，政治稳定，经济繁荣，酒文化全面发展，金银酒具的加工、制作工艺更加精湛，錾刻更崇尚华贵富丽的风格，既是实用品，又颇具装饰效果。

# 076

# 金錾花云龙纹执壶

［清］◆口径六·七厘米◆足径九·九厘米◆高三二厘米

高足，长颈，高盖，垂腹。兽首曲流，龙首柄，通体錾刻龙纹。錾刻精致，具有富贵华丽的皇家艺术风格。该器用纯金制成。

# 金胎画珐琅花卉杯盘

077

［清·乾隆］◆通高七·五厘米◆杯口径五·六厘米◆盘口径一九厘米

·杯、盘为一套。杯为圆形，镀金双云纹耳，圈足。外壁黄色珐琅为地，绘饰彩色缠枝花卉纹，盘做菱花式，折沿，中心起杯槽，菱花式圈足。盘内底黄色珐琅地，绘红色蝙蝠及红、绿、草绿等颜色缠枝花卉纹。杯、盘底施蓝色珐琅，均署蓝色「乾隆年制」仿宋体款。

·杯、盘图案布局工整，用笔工致。以黄金为胎，奢侈昂贵，是乾隆皇帝御用之物。

# 金胎画珐琅人物杯盘

078

［清·乾隆］◆通高一五·八厘米◆杯口径四·五厘米◆盘口径一四厘米◆底径九厘米

·杯、盘为一套，黄金为胎。杯为圆形，圈足，两侧装饰金质卷草纹耳。托盘圆形，折边，边作菱花式口，盘内底中心凸起杯槽。杯、盘均以錾花技法装饰莲花纹，留地处施绿色珐琅。杯作正反两面画珐琅开光，光内彩绘西洋妇女图。盘内底作画珐琅开光，光内装饰西洋风景图和妇女画。杯底署蓝色「乾隆年制」款，盘底中心錾「乾隆年制」楷书款。

·此套杯盘的图案以西洋风景和人物为题，反映了乾隆时期中西文化交流的发展和繁荣。

# 银花鸟纹酒葫芦

[清]◆通高三六厘米

079

酒葫芦为银质。造型为成熟的葫芦形状，器形非常逼真，与天然葫芦无异。通体刻花鸟纹装饰，并用绳子结成网状，是一件出行时的便携式酒具。此葫芦为清宫旧藏。

# 080 银錾花鎏金葫芦形执壶

［清·乾隆］◆口径七·五厘米◆足径一五·五厘米◆高四九厘米

此执壶为银质地。壶取葫芦形状，兽首曲流，如意柄，圈足。通体錾刻缠枝花纹。凸起的花朵用金水装饰，显出华贵气派。壶底有「大清乾隆年制」楷书款。这件银錾花鎏金葫芦执壶是清乾隆年间宫廷中大型酒具器皿，极具奢华富丽的气象。

081

# 光绪款银镀金带盖壶

[清·光绪] ◆口径六厘米◆足径九厘米◆高二九厘米

· 此壶银质地，圆腹，长颈，盘口。壶颈上有一环链，与壶盖相连，方便携带。此壶通体光素无纹饰，镀金。壶底錾刻「光绪癸卯年制」款。款旁刻有「恒利银号造京平足纹重二十七两九钱，镀金二两四钱。」字样，当为制作单位和该器重量。

· 从此壶的环链及磨损程度来看，应为清宫中常用之器。

# 银温酒器

［清］◆通高八·八厘米◆口径六·五厘米

082

·银质，与现在使用的酒精炉非常相似。整器由支架和盖杯两部分组成。架为三足，架内中部有一小托盘，用于盛放酒精等液体可燃物。架上放有一圆盆形酒杯，杯内可放酒，加热后饮用。

·此温酒器做工精巧，造型新颖别致，为清代中晚期作品。

# 银镀金錾花爵

［清］◆高一六厘米

083

银錾花爵爵口上沿有双菌状柱，圆腹，三尖足外撇，爵身錾刻线花纹，是一件典型的仿古青铜器造型的酒具，爵为银镀金质地。此爵为清宫旧藏。

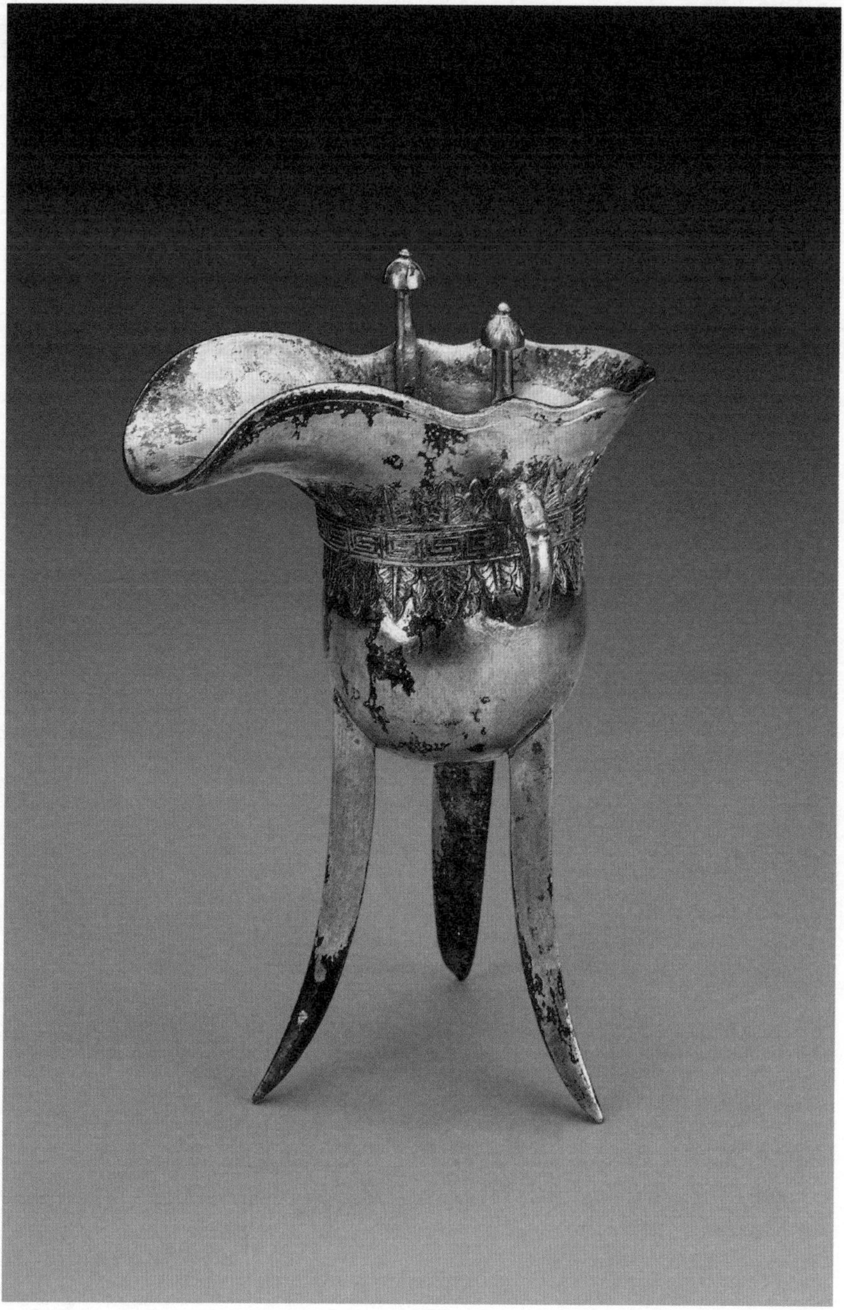

# 银錾花梅花式杯

［清］◆口径五·五厘米◆足径二·七厘米◆高三·三厘米

084

· 杯为银质，杯口呈盛开的梅花花朵状。杯身立体雕刻凸起的花朵为装饰，杯把镂雕花及花叶。造型精巧，雕琢细腻。

# 酒事XII

## 清宫筵宴仪式

· 清代宫廷在重大庆典活动中均有官方举办的筵宴活动，如万寿、元旦等大庆典，且都有严格的规定：筵宴前，礼部先期绘图安排筵宴座次，呈进皇帝御览，领侍卫内大臣奏派命进酒大臣等，届时各官员按图规定入宴；皇帝御用宴桌由内务府恭办，其他宴桌由王公、大臣按规定恭进，牲酒若不足，由光禄寺供酒席，两翼税务供羊。

· 庆典当天，各种仪仗、卤簿按朝仪摆好，「武备院张黄幕于丹陛正中，内务府设反坫于幕下，陈尊、罍、卮、爵于坫上。」午刻，「鸿胪寺官、理藩院官引内外王公以下、文武大小官员俱入，内外王以下、公以上，在丹陛上排立」（《钦定礼部则例》），百官在丹墀内，东西排立。康熙四年（公元一六六五年）又题准：礼部奏请皇帝御殿时，午门上钟鼓齐鸣，太和殿前奏中和韶乐，皇帝升宝座，乐止，阶下三鸣鞭。王公大臣进殿就位后，行一叩礼入座。茶宴后是酒宴，进酒的礼仪程序为：掌仪司官三人，分别奉壶、爵、卮进丹陛，奏清乐《玉殿云开之章》，群臣起立，掌仪司官斟酒，进酒大臣出宴席，在殿中跪，群臣于座次跪，掌仪司官奉爵进殿，跪授进酒大臣，进酒大臣奉爵到皇帝御座的侧面进爵，然后回原位跪；皇帝进酒时，群臣随进酒大臣行一叩礼；掌仪司官入跪，从进酒大臣手中接过爵而退，群臣起立；皇帝赐进酒大臣酒时，掌司仪官斟酒，进酒大臣受一叩，饮毕，进酒大臣一叩，群臣坐。中和清乐奏《万象清宁之章》，分赐食品、表演庆隆舞等，之后「所司举反坫进至殿陛下，御前侍卫酌卮酒升至御座前，皇帝简召王公大臣赐酒，领侍卫内大臣视侍卫遍赐殿、陛王公大臣酒，光禄寺官分赐左右青幕下百官酒，群臣咸跪受，一叩，卒饮，一叩，坐。队舞退。」最后，丹陛大乐作，群臣行一跪三叩礼，中和韶乐作，皇帝还宫，宴会结束。

## 温酒方法

·古人给酒加温主要有两种方法，一是直接将盛酒的器具放置在炭火之上加热，其盛酒器具多为金属制品；二是用温碗注子或温酒壶给酒加热。前者以明火为热源，后者多用热水。其法是先将盛好酒的注子或小酒瓶放入温碗或温壶之中，再向碗或壶内注入热水，用以温酒。热水可以随时更换，因此可以时刻保持酒液的温度。

## 饮酒与行令

·在中国的酒文化中，最富情趣的内容便是酒令。饮酒行令，是中国人在饮酒时助兴的一种特有方式。它既是一种烘托，融洽饮酒气氛的娱乐方式，又是一种文化存在，自从有酒令开始历代沿袭，并且不断丰富发展，形成了五彩缤纷的酒令和行令方式。

· 酒令在我国有着悠久历史。最初是为了维持酒席的秩序，像《诗经·小雅·宾之初筵》所描写的「立之监」，「佐之史」的「监」和「史」就是酒令的执法者，不管敬酒、罚酒，都要受到「监」和「史」的节制，不准饮酒过度，不准有失礼仪，这时的酒令是限制饮酒，而不像后来的酒令那样是劝人多饮的，到了汉代有了《觞政》，就是在酒宴上执行觞令，对不饮尽杯中酒的人实行某种处罚。酒令随着时间推移越来越成为宴会间游戏助兴的活动，以至酒令原有礼节的内容完全淡化出去，真正成为活跃饮酒气氛、沟通宾主感情的桥梁。

· 酒令是由西周的酒官制度演变而来。经历了西汉、魏、晋、南北朝、隋的不断发展，到唐代正式确立并盛行，此后经宋、元、明、清，在清代达到极盛。

· 古人饮酒行令的方式多样，随饮者的身份、文化水平和趣味的不同而不同。文人雅士常用对诗、对对联、猜字或猜谜等，一般百姓则用一些既简单，而且娱乐性强，又不需做任何准备的行令方式。

清宫筵宴场面图像
〔《万树园赐宴图》〕

## 酒令之射箭与投壶

・均是饮酒行令的方式，以射箭胜负赌酒，胜者让负者饮酒的酒令古来有之。射是古代「六艺」中的一艺，它不仅是武夫独擅的技能，文人也用来赌酒，同时比试射箭。但射箭需要室外场地，所以只有大宴会或军中饮酒才能进行，后来经过发展变化就有了适于在室内进行的投壶。投壶游戏的礼节繁琐，投壶之前，主客之间要请让三次才能进行。参加投壶的宾主包括侍从，都要受「礼」的约束。《礼记·投壶》注：「投壶者，主人与客燕饮讲论才艺之礼也。」投壶所用的器物是一种广口大腹，颈部细长的器物。投壶时，还要准备好投壶用的矢。酒宴开始时，宾主依次取箭在同样的距离向壶中投掷，投中者为胜，不中者罚酒。投壶一般是在宴饮中进行，就如我们今天，先饮一段时间后，再猜拳行令一样。投壶在当时是最常见的酒令，延续两千余年而不衰。

## 暖酒祛病健身

・酒性热，可解风邪湿毒，有防病疗疾的功效，而经过加热的暖酒对于身体更是益处良多。酒经过加热之后，酒液中的乙醇就会部分挥发，从而降低了酒的度数，可达饮而不过的目的。在李时珍的《本草纲目》中记载有「惊怖猝死，温酒灌之即醒」；「丈夫脚冷不随，不能行者，用醇酒三斗，水三斗，入瓮中，炭火温之，渍脚至漆，常着炭火勿令冷，三日止」。另外，如遇跌打损伤，也可先服热酒，利用其热性达到活血化淤，消肿止痛来治疗。

# 竹木牙角酒具

·以实物遗存来看，制作酒器的材质以陶、青铜、漆、玉、瓷、金银等为主流，但在此之前，还应经历了一个利用竹、木、匏、角等天然材质的过程，而且，此类材质的酒器始终都是主流材质酒器的重要补充。我们从一些与酒器有关的汉字，如「杯」、「樽」、「榼」、「觥」、「觯」、「觞」等多从「木」从「角」，也不难间接获知这一历史信息。然而，由于竹、木、匏等材质俯拾皆是，往往即取即用，难成重器，加之质地容易朽坏，所以留存实物与文献材料都非常零散。象牙与犀角虽然比较珍罕，但其本身形态局限性较大，且同样难抵岁月侵蚀，因此可资排比的实物并不太多。

·大约到汉唐以后，犀、象在我国逐渐绝迹，关于牙、角酒器的材料更为罕见。而宋明以来，随着与南亚诸国贸易的增长，犀角和象牙进口也多了起来。特别是犀角，主要用来制作酒器，这既是当时工艺领域仿古风气的反映，也是因为古人认为犀角能解百毒，以之饮酒有利于养生。

· 明清时期犀角酒器的器型以各种式样的杯盏为多，碗、盂、爵、鼎、槎形杯等也占据了相当的比例。纹饰内容则以花卉为主，葵花、玉兰、荷花等最常见，山水人物题材构图疏朗，饶有画意，此外仿青铜古器的蟠螭纹也很醒目。雕刻技法以圆雕、镂雕、浮雕等为主，结合自然，讲究刀法圆润，琢磨棱角。而清中期的宫廷造办处还发展出一种体现皇家趣味的犀雕风格，纹饰繁缛细密，在工艺水平上达到了历史的最高峰。

· 明清时期，象牙雕刻从小型人物、动物、陈设、文房用具，到大型建筑模型，种类多样，酒器制作并不是最突出的。

## 085 竹雕蟠松杯

［明］◆口径一〇·七×一〇厘米◆足径六·五×八厘米◆高九厘米

杯以竹根雕作，撇口，平底。外壁用浮雕技法雕刻蟠松老干，相互盘缠。纹饰疏密有致，层次清晰。此杯雕工精湛细腻，具有典型的明代中晚期工艺品特征。

竹根由于空心，竹节多，竹肉厚度不大，在设计雕刻上有较高难度。

### 竹雕

我国南方的广大地域，都盛产竹子，因此我国对竹的欣赏与利用，也可以说源远流长。根据考古材料，对竹材的利用早至新石器时代前期（距今八〇〇〇年以前），但是直到明中期以前，竹雕囿于日用，还不能称为独立的工艺门类。而明中期（十六世纪初期）以后竹刻在短时间内取得了巨大的发展，受到空前的重视。大量文人的参与与鼓吹，提高了竹刻的艺术性，并使其日趋成熟，影响甚至及于玉、牙、木雕等领域。而其成熟的标志之一，就是在某些地区，如嘉定（今属上海）、金陵（今江苏南京）等地孕育出竹雕的流派，积累了深厚的传统，涌现出大批杰出的艺人，留下了数量可观的作品。而竹雕的各种技法，如圆雕、浮雕、镂雕、留青、阴刻、文竹等，都已经非常系统，有一整套工艺程序、技法口诀和制作工具。器型种类也丰富多样，以文具居多，陈设、日用品次之，包括：笔筒、臂搁、笔洗、水丞、山子、如意、香筒、冠架、簪钗、扇骨、人物、动物、花果等。装饰内容多为历史典故、吉祥图案、山水人物、书法篆刻等。构图深受版画艺术影响，善于变通名家墨迹。若干题材，如仕女窥简、赤壁赋、浴马等，还形成固定程式，于竹雕中反复出现。

## 竹雕荷叶式杯

［明晚期］◆口径九·五厘米◆高八·三厘米

086

·竹雕荷叶式杯是以一竹节雕刻而成，造型灵感来自所谓「碧筒杯」。杯口呈上包的荷叶状，荷叶上卷，近底处雕一荷花，花瓣舒张，花瓣间隐一螃蟹，底足由荷花及叶莛盘曲而成，巧妙自然。杯内壁刻明代收藏家项元汴的一首五言诗「截得青竹竿，制成碧筒杯，霜螯正肥美，我酿醉新醅。」及「万历庚辰秋月墨林山人」款，近底部还刻有「望云」篆书印章款。

·「墨林山人」即明代浙江收藏家项元汴的名号。此杯曾为项元汴藏品。

### 碧筒杯

据唐人段成式《酉阳杂俎》载，三国魏郑公悫在盛夏携宾客避暑于历城，取荷叶为杯，用簪将叶刺穿，使与叶茎相连，从茎的末端饮酒，因而「酒味杂莲气，香冷胜于水」。可见，「碧筒杯」是文人士大夫发明的一种别具风味的酒器，流行于士林，唐人有诗句云「茶烹松火红，酒吸荷杯绿」可以为证。元张羽《碧筒饮》诗：「采绿谁持作羽觞，使君亭上晚樽凉。玉茎沁露心微苦，翠盖擎云手亦香。饮水龟藏莲叶小，吸川鲸恨藕丝长。倾壶误展淋郎袖，笑绝耶溪窈窕娘。」状物写情最为精到。清人梁绍壬《两般秋雨庵随笔》评点饮酒方式，认为「以碧筒为最雅」。

# 竹雕松树形小壶

087

［明晚期］◆口径八·四厘米◆底径八·五厘米◆通高一二·三厘米

·用天然竹根雕刻而成，壶体为松树枝干形状，断梗为流，松枝盘曲为柄，柄下阴刻阳文「仲谦」楷书款。壶盖巧雕成松针枝叶形。

·此壶是明代活跃在金陵一带的著名竹刻工匠濮澄的作品。造型新奇，构思巧妙，技艺超群。

·濮澄，字仲谦，原复姓濮阳，后人取其姓第一字，单称濮澄。

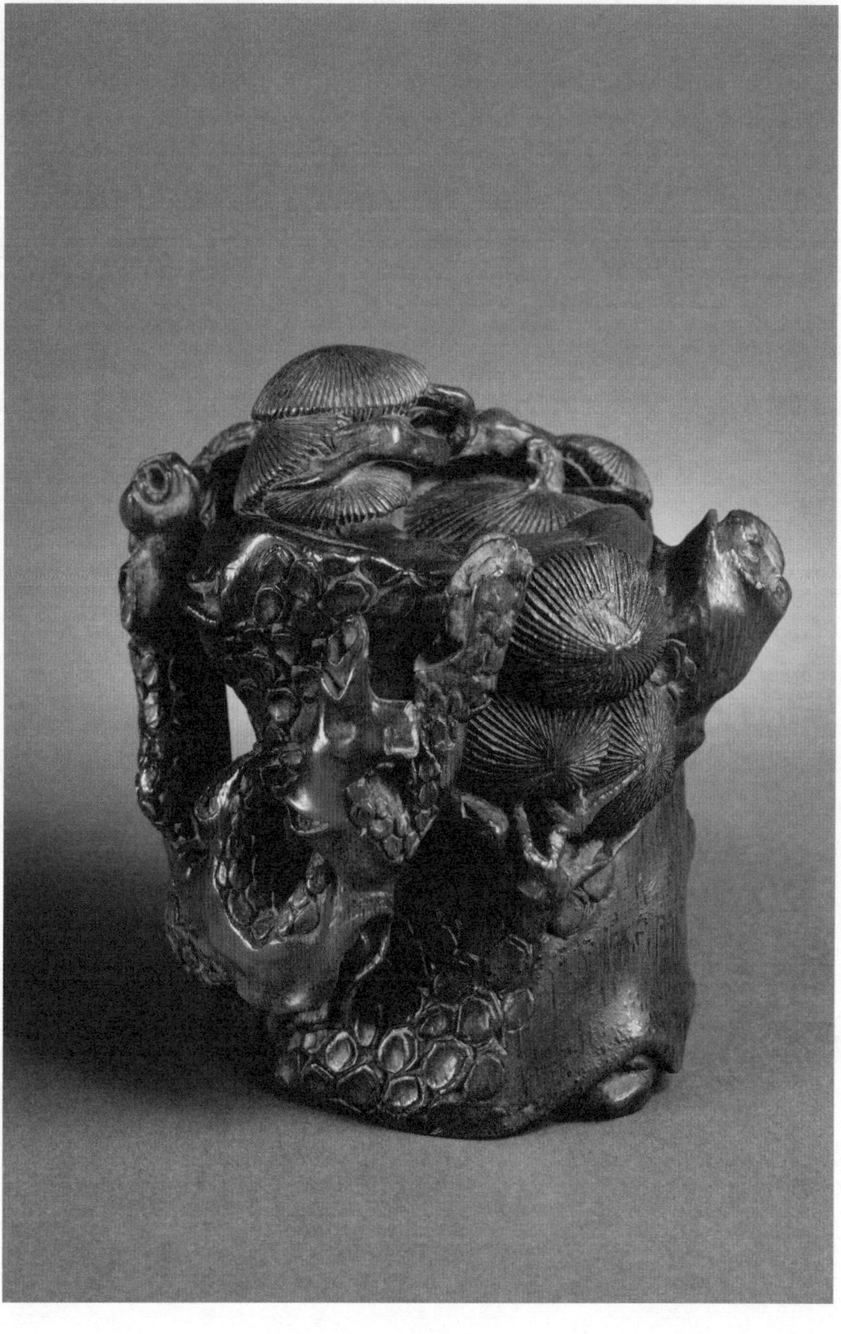

# 竹雕饕餮纹提梁壶

088

［清］◆口径四·九厘米◆足径五·四×五厘米◆通高一八厘米

·壶为双层唇口，高颈，鼓腹，圈足，拱形圆盖，火焰式钮。壶体一侧为凤头式流口，另一侧为卷云式执柄。壶体自上而下饰弦纹、饕餮纹。活环式提梁，梁柄呈夔龙状。

·竹刻技艺精湛，未见粘接痕迹。整体造型及纹饰仿商周青铜器，以竹雕成器，甚为难得。

089

## 雪居款嵌银福寿六方委角镂空螭梅杯

［明］◆口径七·八厘米◆足径六·八厘米◆高八·二厘米

·此杯用紫檀木制作，呈六角方形，口沿与底边处均嵌银丝回纹，杯身通体嵌银丝「福、禄、寿」字。杯柄镂雕梅枝和蟠螭纹。六花形矮足。杯底嵌丝「云间雪居仿古」楷书方印。

·雪居为明代画家孙克弘的字。

**木雕**

我国的森林资源比较丰富，因此人们对于木材的认识和使用也非常充分。完善而成熟的木结构建筑体系，与西方以砖石为主要材料的建筑体系，双峰并峙，对世界建筑史的发展影响巨大。除去建筑构件与装饰之外，在我国，木材被广泛地应用于制造生活必须的各种用具，包括容器、工具、家具、随葬器物等，并被制作成偶像或工艺品，寄托宗教信仰，装点精神生活，美化居室环境。明清时期，随着工艺美术的繁荣发展，木雕也取得了空前的成就。这一时期非常重视材料本身的质地和美感，紫檀木、花梨木、鸡翅木、红木等珍贵的硬木，受到特别的青睐；雕刻技术达到空前的高度，不仅圆雕、镂雕、浮雕等技术灵活地结合使用，而且镶嵌、贴金、彩绘等装饰手段，也获得长足进步；很多地区，如浙江东阳、广东潮州、福建福州等地，还形成了富有地方特色的木雕流派；对木根、瘿瘤等废材的创造性利用，丰富了工艺美术的审美视野。

## 张希黄款沉香木刻赤壁图酒斗

［明］◆高九·四厘米

090

此杯为明代雕刻高手张希黄的作品。他是根据材质的天然形状随形雕刻而成，器表面用浅浮雕的表现手法，刻宋代文学家苏轼赤壁夜游的故事。故事结尾处有「东坡赤壁图」及「希黄子」款字，推测应为明代张希黄作品。此酒斗雕刻技法娴熟，图中人物栩栩如生。沉香木因稀少而珍贵。

**东坡赤壁夜游**

神宗元丰五年（一〇八二年），苏东坡被贬黄州时，两度夜游该地赤壁，以寄怀古之幽情，在这里他乘酒兴写下了脍炙人口的名篇「前、后赤壁赋」，《赤壁夜游图》即是依《后赤壁赋》的意象创作而成。是图作者马和之，南宋钱塘（今杭州）人。官至工部侍郎，擅画山水、佛像，尤长人物。

**树瘿器**

与竹根相似的是树瘿。大概在三国时，文献中便出现了关于「瘿木」的记载，如吴张纮《瑰材枕赋》对瘿木枕赞誉有加。古人对瘿木感兴趣，原因可能在于其纹理变化万千，非人工可得。明人谢肇淛在《五杂俎》中说得好：「木之有瘿，乃木之病也。而后人乃取其瘿瘤砢礧者，截以为器。盖有瘿而后有旋文，磨而光之，亦自可观。」以瘿制成的酒器有瘿尊，唐李白诗《咏柳少府山瘿木尊》：「蟠木不雕饰，且将斤斧疏。尊成山岳势，材是栋梁余。外与金罍并，中涵玉醴虚。惭君垂拂拭，遂忝玳筵居。」李益诗：「千畦抱瓮园，一酌瘿樽酒。」宋人诗：「湛湛瘿樽绿，酌以红螺觞。」瘿杯，唐皮日休诗《夏景无事因怀章、来二上人》：「淡影微阴正送梅，幽人逃暑瘿楠杯。」瘿壶，见宋吕公著《瘿木壶诗》。而唐张鷟《游仙窟》里有「竹根细眼，树瘿蝎唇」的酒器，器型不明。与瘿器近似的还有树根制酒器，唐陆龟蒙《和皮袭美酒樽诗》有「黄金即为侈，白石又太拙。断得奇树根，中如老蛟穴。」

经过文人的渲染倡导，原本的废材一变而为宝物，成为能够显示其不同于流俗的审美观与价值论的一个缩影。直到明清时期，还有像苏州江春波这样以善制瘿木、树根器具著称于史籍的工匠。

091

## 牙雕玉兰花式杯

［明］◆口径七·五×六厘米◆高六厘米

象牙质地，杯的造型为一只花苞初放的玉兰花，杯口微撇，杯身被玉兰树的枝叶包裹，玉兰花枝弯曲盘绕成杯托。造型新颖优美，工艺精致，磨刻圆润光滑，象牙的天然纹理清晰自然。

**牙雕**

牙雕是指以象牙为原材料进行艺术创作的工艺门类。其历史悠久，但由于象牙是非常珍罕的材质，所以牙雕生产始终规模较小，流传至今的古代作品数量也不多。直至明清时期，牙雕工艺才在各个方面成熟起来，形成了与众不同的工艺传统，进入了发展的黄金阶段。明代前期牙雕以宫廷御用监制居多，主要是小型雕像，不喜染色，而晚期在南方的南京、苏州、扬州、杭州、福州、漳州和广州等地，因为商业的需求，牙雕工艺相当繁荣。清代是牙雕工艺发展的最高峰，宫廷与地方，相互影响，流派众多，名家林立，留下了大量作品。

# 092 牙雕桃式杯

〔清〕◆口径七×六·五厘米◆高五·五厘米

象牙质地，以半片桃实为杯体，装饰有镂雕花叶。寓意吉祥，工巧可喜。其造型多少受到犀雕的影响。雕刻技法与纹饰圆润细腻。此杯为清代中期作品。

# 093 尤侃款犀角雕松荫高士杯

［明］◆口径一二×八厘米◆足径四·五×三厘米◆高八·三厘米

此杯为犀牛角质地。敞口，平底。通体雕刻松树下高士伫立，岩间有流水潺潺，意境清幽。杯底篆书「尤侃」二字。

尤侃，明末著名的犀角雕刻高手，他擅长犀角、象牙等雕刻，有不少珍品传世。

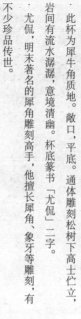

# 鲍天成款犀角雕双螭耳虎纹执壶

［明］◆口长径一五厘米◆短径七·八厘米◆高一三厘米

094

·小犀角做壶盖，大犀角做壶体，盖为盔帽状，圆钮，饰蕉叶纹和回纹。光素流，一螭自壶身缠绕到流口处，三条螭缠绕壶把。壶身自上而下饰蟠夔纹、兽面纹和蕉叶纹。纹饰为浅浮雕技法。壶底有「鲍天成制」篆书款。

·此执壶用两个亚洲犀角合并制作而成。造型优美，刀法流畅，是明末清初犀角艺术珍品。

·鲍天成，江苏苏州人。明代末年著名工匠，精于犀角雕刻，为吴中绝技之一。

095

# 犀角雕海水云龙纹杯

[清]◆口径一六·三×一〇厘米◆底径六×四·五厘米◆高一二厘米

·此犀角杯雕海水云龙纹。刀法精绝，纹饰细密精美，是清代犀角雕刻的优秀作品。

**犀角雕**

犀角雕刻是使用犀牛的角作为原材料制成的工艺美术品。犀角的外部形态与内部构成颇为特殊，与一般的牛、羊角不同，加之历来产量稀少，大约从汉代开始就主要依靠进口，在相当长的历史时期里，都是上层社会奢侈品的代表，成为财富与地位的象征。这就使得犀角受到更多重视，逐渐超越其它角材，在明清时发展成具有独立面貌的工艺品类之一。

明代的犀角雕刻远比前代繁荣，其器型以各种式样的杯盏为多，到晚期时碗、盂、爵、鼎、槎形杯等也占据了相当的比例。这些器物都比较重视外形的设计，为了更充分地利用珍稀的材料，往往根据原角的形状随形施艺。因此，各种精细的多层镂雕技法在犀角雕刻中非常发达，而圆雕、深浅浮雕、阴刻等技法，也结合得较为自然，讲究刀法圆润，琢磨棱角。纹饰题材以花卉为主，葵花、玉兰、荷花等最常见，山水人物题材构图疏朗，饶有画意，此外仿古风格的蟠螭纹也很醒目。另外，在明末的江南，还涌现出以犀雕名世的工匠，比如鲍天成、尤通等。清代的犀雕，没有发生重大变革，只是在清中期的宫廷造办处内发展出一种融合了南方风格，体现皇家趣味，纹饰繁缛细密的犀角制品，以模仿殷周青铜器的造型和纹样为能事，在工艺水平上达到了历史的最高峰。不过，在审美趣味上反不如明代制品质朴生动，这也为犀角工艺走向僵化和衰落埋下伏笔。

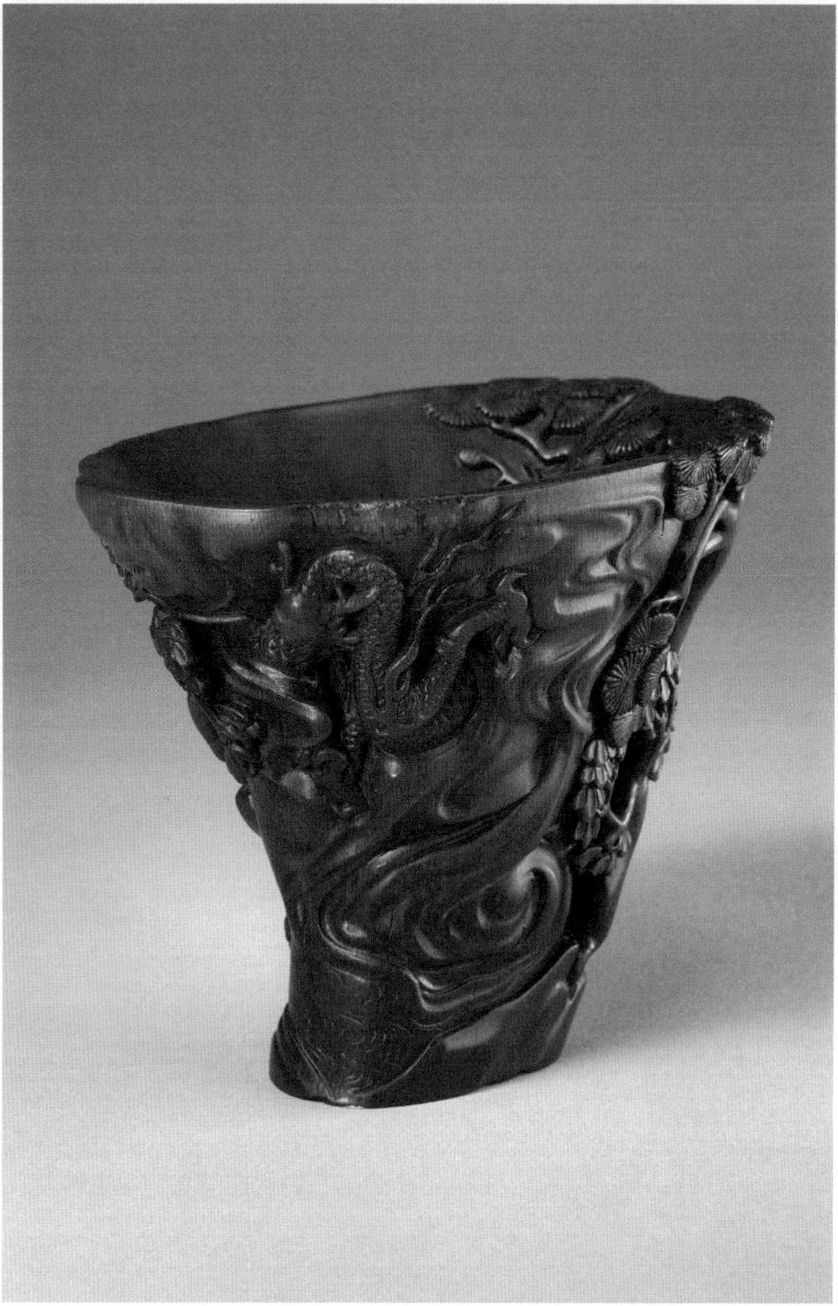

# 胡允中款犀角镂雕仿古蝉螭纹杯

［清］◆口径一四·一×一〇·九厘米◆足径五·九×五·七厘米◆高一六·二厘米

096

·此杯仿商周青铜器的觚形制，呈喇叭状，杯身饰蝉纹、兽面纹，其上浮雕数条爬行的螭龙。杯的底部阳文刻「壬午七夕胡允中为仲青盟翁作」行书款题及「胡允中印」篆书印章。

·此杯工艺细腻，技巧娴熟，线条圆润流畅。

·胡允中，清代中期人，犀角雕刻高手，生卒年月不详。从杯底题刻的文字内容来看，此杯应是胡允中为其友人专门制作的一件酒具。

# 酒事 Ⅷ

## 犀角杯防毒健体

·犀角可入药，其性寒、味咸苦，有凉血、清热、解毒的功能，可以医治热病神昏、谵语、发狂、斑疹、吐血、衄血等症。李时珍认为：「犀角能解一切诸毒。」明清之际多以整根犀角随形做成酒杯，用以饮酒，有健体之功效。

## 酒令之二　投骰

·就是掷骰子劝饮酒，是一种简单快捷的酒令，早在汉代就已开始，至今还被作为赌具流行。骰子也称「色子」是一种赌具，正方体六面分别刻有一点至六点之数，掷之以决胜负，它带有很大的偶然性，不需要什么技巧，能轻松地活跃酒桌气氛，因此比较流行，「醉翻彩袖抛小令，笑掷骰盘呼大采。」这是白居易的诗句，把当时酒宴上行令的情景描写得惟妙惟肖。

·在皇甫崧的《醉乡日月》中记载：「大凡初筵，皆先用骰子，盖欲微酣，然后迤逦入酒令。」使我们知道这是一种基本的酒令形式，它往往结合于其他酒令在酒宴上使用。

## 海上　顾炎武

海上雪深时，长空无一雁。
平生李少卿，持酒来相劝。

## 酒令之三　筹令

·是一种特殊的酒令，最早始于唐代。唐代大诗人白居易有诗《同李十一醉忆元九》云：「花时同醉破春愁，醉折花枝当酒筹。」就是指的这种计算饮酒数量的酒筹。后来有了专门的酒筹，置于筒中，酒宴上从筹筒中抽看酒筹，然后根据筹令饮酒，取其不必费脑筋，而又颇有趣味，因此在明、清时期广为流传。

·从出土的实物照片看，酒令筹呈长条状，细柄，上面有文字，上半部刻有辞句，下半部是规定饮酒的数量。每次抽筹，并不仅仅是抽筹人要饮酒，在座的宾主都可能要依令饮酒，人人自危，抽筹人还有一定的权利，可以选择饮酒对象，可向任意一位宾主劝酒，这样能使酒筵上的人都参与，便于活跃气氛。《红楼梦》中对筹令也有叙述，第六十三回「晴雯拿了一个竹雕的签筒来，摇了一摇，放在当中。又取骰子来，盛在盒内，摇了一摇，揭开一看，里面是六点，数至宝钗。宝钗便笑道：『我先抓，不知抓出个什么来。』说着掣出一签。大家一看，只见签上画着一只牡丹，题『艳冠群芳』四字。下面又有镌的小字，一句唐诗，道是：『任是无情也动人』又注着：『在席共贺一杯。此为群芳之冠，随便命人，不拘诗词雅谑，或新曲一支为贺。』」就是描写当时行花名筹令的情景。

## 酒令之四　击鼓传花

・像这样既热闹又紧张的罚酒方式自唐代兴起后，历代盛行，一直传到今天。击鼓传花的规则是，在酒宴上宾客依次坐定位置，由一人击鼓，击鼓的地方必须与传花的地方分开以示公正，开始击鼓时，花束就开始依次传递，鼓声一落，花束在谁的手中而没有传出去，则该人就被罚酒。因此花束的传递速度很快，每个人都唯恐花束留在自己手中，击鼓的人也要有些技巧，有时快，有时慢，造成一种捉摸不定的气氛，更加剧了人们的紧张程度，一旦鼓声停止，大家都会不约而同地将目光投向接花者，此时大家一哄而笑，紧张的气氛即刻消失，接花者只好饮酒，这是一种老少皆宜的罚酒方式。

・徐铉有《抛球乐》辞「灼灼传花枝，纷纷度画旗。不知红烛下，照见彩球飞。借势因期克，巫山暮雨归。」可见唐人饮酒击鼓传花的热闹场面。

## 酒令之五　文字令

· 这是酒令中最为高雅的一种，它不用其他的行令工具，仅以口头吟诗、作对、唱曲、猜谜等方式行令，大多是文字游戏，确也是斗机智、逞才华、测试反应敏捷与否的智力比赛，虽然情趣古雅，然而一般人做不来，需要具有相当高的文化水准方可操作使用。首先推一人做令官，出诗句或出对子，其他人按首令的意思续令，所续内容和形式必须与所出之令相符，不然则被罚饮酒。《红楼梦》第四十回描写鸳鸯作令官，喝酒行令的情景，所描写的就是清代上层社会喝酒行令的风貌。

· 文字令也和其他酒令一样，目的主要是活跃饮酒气氛，所以古今新颖奇巧的文字令层出不穷，争奇斗艳，把经史百家、诗文词曲、典故、对联以及即景抒怀等文化内容都囊括到酒令里去，深得文人、才子的喜爱。

# 匏制酒具

·匏器又称葫芦器，是中国特有的一种工艺品。其制作方法是：用模具套在葫芦的幼果上，使其在范模中按照特定的形状、花纹、图案生长成器，是集自然与人工于一体的独特工艺。清代宫中的范制匏器始于康熙年间，由于帝王的喜好，清代宫廷有计划地专门种植葫芦，并命工匠制作出各式各样的精美模具。由于这种工艺要求复杂，难于成器，因而流传下来的器物数量很少。正如清人沈初所说：「数千百中仅成一二，完好者最难得。」

## 097 康熙款匏制勾莲壶

［清］◆长九·六厘米◆宽九·三厘米◆高一七·五厘米

壶为葫芦质地，圆盖，圆球式钮，盖口与壶口均用玳瑁镶嵌。素流口，方形柄。壶的周身雕刻缠枝花纹，壶底有「康熙赏玩」楷书四字款。

098

# 匏制勾莲寿字铜口碗

［清］

◆口径九·五厘米◆足径五厘米◆高六·二厘米

·此器为范制葫芦所制。此器周身的勾莲纹，清晰流畅，中间一「寿」字，应是专用于祝寿，为清宫旧藏。

# 嘉庆御玩款匏制双龙瓶

099

[清]◆口径二·七厘米◆底径一一厘米◆高一八厘米

细长瓶颈，宽腹阔肚，平底。是用刻成龙纹的模范套在葫芦幼果上，待其生长成熟，去模成器。瓶上的龙纹生动清晰。底上缘模而成「嘉庆御玩」楷书款。这件匏制双龙瓶是清嘉庆时期皇帝的御玩珍品，为清宫旧藏。

# 珐琅酒具

· 珐琅又称「佛朗」、「佛菻」、「拂郎」、「发蓝」。珐琅的基本成分为石英、长石、硼砂，它与玻璃（料器）、琉璃、陶瓷釉料等同属于硅酸盐类的物质。

· 金属胎珐琅器，以贵金属为胎（主要是铜，亦有金胎或银胎者），是一种集金属制作工艺和珐琅加工处理为一体的复合性工艺制品。由于金属制作有掐丝、錾刻和锤揲之分。在珐琅的具体加工处理上又有填施于金属胎表面花纹中和直接在金属胎上「作画」等方法，这样，便形成了掐丝珐琅器、錾胎珐琅器、锤胎珐琅器、画珐琅器、透明珐琅器等几个不同的金属胎珐琅工艺品种。

· 明清时期特别是清代制作和生产了大量的金属胎珐琅制品，以为宫中陈设、祭祀和日常生活等的使用，其中酒具也为数不少。

·掐丝珐琅器的具体制作方法是，按照图案设计要求，用铜丝掐成花纹轮廓线焊着在金属胎的表面，然后填施珐琅于花纹内，入窑焙烧，如此重复几次，再经打磨、镀金，始为成品。掐丝珐琅，元代称「大食窑」或「鬼国嵌」，今人俗称为「景泰蓝」，它是在器表用铜丝掐成图案，填入釉料烧制而成。在器表直接施以各种彩色珐琅质釉料烧制而成的，称为画珐琅。

·金属胎珐琅工艺，是由于蒙古军队征战而间接地传入我国的，时间大约是在公元十三世纪的晚期。

# 乾隆款掐丝珐琅嵌石爵杯

100

[清]◆通高一五·五厘米◆盘径一九·五厘米

爵杯与托盘为一套。仿古造型。铜胎。杯盘做开光处理，掐丝莲花、螭纹，并镶嵌珊瑚、青金石、绿松石。托盘及杯底均属「乾隆年制」楷书款。是乾隆时期祭祀场合中所使用的酒器。

**「佛郎嵌」**

指欧洲的掐丝珐琅器或錾胎珐琅器。「大食」与「佛郎」是我国宋元时期对于阿拉伯地区和东罗马帝国的称谓，而「大食窑」和「佛郎嵌」自然就是指分别来自于这两地的金属珐琅制品。公元十三世纪，蒙古军队南征北战，攻城掠地，其中就包括大食（今阿拉伯地区）、大理（今我国云南）等地。元军每攻下一地，往往杀戮众多，「唯工匠则免」，制作珐琅器的工匠亦包括其中。

珐琅彩瓷器是康熙时期由宫廷造办处创造出来的新品种。它是根据铜胎画珐琅烧造方法，将珐琅彩的色料绘在白瓷胎上，经炉火烧制而成的，故称「瓷胎画珐琅」。

# 同治款掐丝珐琅勾莲开光执壶

10

［清］◆口径五·八厘米◆足径九·三厘米◆通高二六·七厘米

铜胎，圆形，束颈，垂腹，银兽首曲流，银如意式柄，高圈足。壶腹两面莲瓣式开光，光内掐丝花卉纹。执壶开光以外镀金光素，刻意追求一种掐丝花纹、珐琅色彩与铜镀金的对比效果。足底錾「同治年制」阴文楷书款。

## 102 画珐琅牡丹纹扇面式执壶

［清］◆口径五×六·四厘米◆足径六·二×五·一厘米◆通高九厘米

铜胎，扇面形，曲流，螭形柄。通体黄色珐琅地，盖面绘粉红色秋葵纹，钮作花蕾，流、柄装饰螭纹，壶身四面绘写生牡丹花。拱形底署红色「乾隆年制」楷书款。

**画珐琅器**

根据图案设计要求，用珐琅直接在金属胎的表面绘饰图案，再经入窑焙烧，磨光、镀金而成。

# 透明珐琅花卉提梁壶

103

［清·乾隆］◆口径四·七×五·二厘米◆足径六·九×六·七厘米◆通高二三厘米

壶为铜胎，方形，铜镀金高提梁。圈足，施蓝色珐琅，光素无款。四面作凸起开光，描金石榴、莲蓬、瓜蝶纹，寓意瓜蝶绵长、多子多福。为清代晚期制。

**透明珐琅器**（**亦称烧蓝**）

是利用具有透明性的珐琅，涂饰于经过錾刻或锤揲花纹的表面，由于珐琅的透明效果，从而显现出花纹的明暗对比变化。这种珐琅器一般还装饰有贴金或描金花纹。透明珐琅器以乾隆年间广东制造、俗称「广珐琅」的作品最为著名。

# 玻璃酒具

·玻璃，古称「琉璃」，近代又称「料」。玻璃制造可以上溯到西周时期，迄今已有近三〇〇〇年的历史。由于玻璃易碎，不易保存，所以流传下来的作品不多。从出土和传世作品来看，元、明时期的玻璃生产已具有相当高的工艺水平。到了清代玻璃制品的生产已相当普遍，并且达到了很高的水平。清宫也有生产御用玻璃器的玻璃厂，康熙后期还聘请西方技师在内廷指导生产。这时的玻璃制作工艺也更加精湛、复杂，品种非常丰富，仅单色玻璃就有二十余种，而复色玻璃品种更加丰富，有搅料、金星料、点彩夹金、夹彩、绞丝；套料包括呆白地套彩、彩地套彩、呆白地、彩地、斑地兼套等，工艺方法多样，并且加施碾琢、雕刻、描彩、描金、珐琅彩等艺术加工的手法，所制造出的玻璃器皿除晶莹润泽以外，更显华丽精美。

## 104 白料单耳桃式杯

[清]◆口径七·九×六·七厘米◆高三厘米

·玻璃质地，色如羊脂。杯为桃形，折枝把，平底。周身琢刻桃叶。

·清代玻璃酒具以杯最为常见。

# 白料蚕丝纹高足杯

105

[清]◆口径七厘米◆足径四·六厘米◆高八·五厘米

玻璃质地，撇口，高足。此杯是在白色玻璃胎中加黑色料，经过加工时的旋转扭动，呈现出温润高雅的色彩和细如蚕丝的纹理，十分精美。

# 106 乾隆款黄玻璃刻花酒盅

［清］◆口径六·二厘米◆足径二·五厘米◆高四·三厘米

杯为棕黄色透明玻璃质地，圆口，杯身刻花卉纹饰，平底。底部有「乾隆年制」针刻款。此杯造型简洁，风格素雅。

# 锡制酒具

· 这种酒具始见于明代，普及于清代到民国时期。明时，锡箔业兴起，不少生活用具也用锡制。锡制用具不透水、不受潮、易密封，可用作盛酒具，也可作温酒器。当时锡酒具有酒壶和烫酒壶，其造型方圆互见。这些锡制品多生产于我国的南方地区。

# 锡刻诗句鼓式温壶

107

［清］◆口径七厘米◆底径六·三厘米◆高一一·九厘米

此壶由盖、外套、内壶三部分组成。盖、外套为铜质地，内壶用锡制。鼓形，通体饰乳钉，质朴古拙。外套刻有诗文：「未识酒中趣，空为酒所鲞。以文常会友，惟德自成邻。」系一件难得的酒具珍品。

使用时，先将热水注入外套内，再将装好酒液的内壶放入，通过热交换的原理达到温酒的目的。这是古代常用的一种给酒加热的方法，比炭火加热更加卫生。

108

# 王胜万款桃式倒流锡壶

［清］◆通高一二·九厘米

锡制。壶体为桃形，流、把均呈桃枝形。此壶特点在于「倒流」二字，因壶上无注酒的盖口，使用时需先将壶倒置，由壶底的圆口注入酒液，再反转过来往杯中注酒，因而得名「倒流壶」。此壶造型最早出现于宋代瓷器中，而这件锡制壶就是以瓷器为蓝本创作而成的。壶的腹部刻有诗句及王胜万制名款。

王胜万款锡制桃式倒流壶拓片

# 109 朱石楳题诗蓝宜兴里方斗锡杯

［清］◆口五·八×五·八厘米◆底三×三厘米◆高二·七厘米

锡制，方斗形，白玉柄。外套为锡，内里为江苏宜兴紫砂挂釉。锡套上刻有「愿持此斗浥酒浆，黄姑织女同飞觞」的诗句及「戊子蒲文石梅作」等字。「戊子」为清道光八年（一八二八年）。此杯风格素雅，造型小巧而不失庄重，颇具古风。

朱石楳是清代著名的锡器制作者朱坚，浙江山阴（今浙江绍兴）人，以制作锡壶而名闻于清代嘉、道时期，首创砂里锡壶为时所赏，并著有《壶史》一书。此杯是朱石楳颇具代表性的作品。

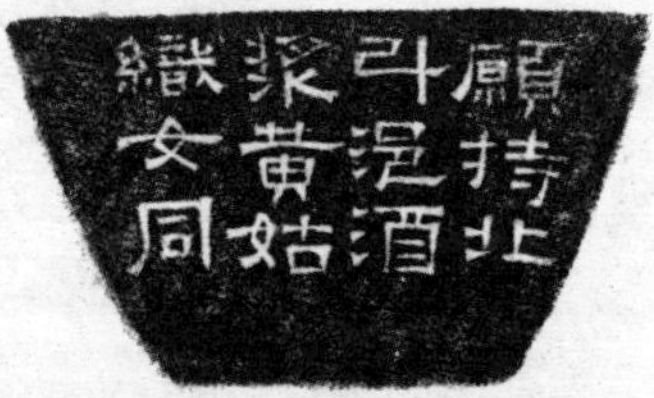

朱石楳题诗蓝宜兴里方斗锡杯拓片

# 酒事 IX

## 笑话

·酒在日常生活中无处不在，关于酒的幽默小故事也层出不穷。《笑林广记》是古代一部幽默笑话集，其中有许多小故事颇为有趣，今择取数则以增其趣。

·其一：合伙做酒

·甲乙谋合本做酒，甲谓乙曰：「汝出米，我出水。」乙曰：「米若我的，如何算帐。」甲曰：「我决不亏心，到酒熟时只逼还我这些水罢了，其余多是你的。」

·其二：醮酒

·有性吝者，父子在途，每日沽酒一文，虑其易竭，乃约用箸头醮尝之。其子连醮二次，父责之曰：「如何吃这般急酒。」

·其三：好酒

·父子扛酒一坛，路滑跌翻，其父大怒，子乃伏地痛饮，抬头谓父曰：「快些来什么，难道你还要等甚菜？」

·其四：梦美酒

·一好饮者，梦得美酒，将热而饮之，忽被惊醒，乃大悔曰：「早知如此，恨不冷吃。」

·其五：截酒杯

·使童斟酒不满，客举杯细视良久，曰：「此杯太深，当截去一段。」主曰：「为何？」客曰：「上半段盛不得酒，要他何用？」

·其六：酒煮滚汤

·有以淡酒宴客者，客尝之，极赞府上烹调之美。主曰：「粗肴未曾上桌，何以见得？」答曰：「不必论其他，只这一味酒煮白滚汤，就妙极了。」

·其七：淡酒

·有人宴客，用淡酒者，客向主人索刀，主问曰：「要他何用？」曰：「欲杀此壶。」又问：「壶何可杀？」答曰：「杀了他解解水气。」

钱慧安听鹂图扇

# 图版目录

**图书在版编目（C I P）数据**

觞咏抒怀：故宫博物院藏古代酒具 / 胡建中，马季戈著. —北京：紫禁城出版社，2009.9
（皇家品位丛书）
ISBN 978-7-80047-845-1

Ⅰ. 觞… Ⅱ. ①胡…②马… Ⅲ. 酒－古器皿－简介－中国 Ⅳ. K875.24

中国版本图书馆CIP数据核字（2009）第144146号

著　　者　胡建中　马季戈
责任编辑　何笑聪
装帧设计　**IVYMARK**TYPO*design*
出版发行　紫禁城出版社
地址　北京东城区景山前街4号
邮编　100009
电话　010-85007808　010-85007816
传真　010-65129479　邮箱　ggzjc@vip.sohu.com
印　　刷　北京图文天地制版印刷有限公司
开　　本　889×1194毫米　1/32
印　　张　9.75
字　　数　50千字
版　　次　2009年9月第一版
2009年9月第一次印刷
书　　号　ISBN 978-7-80047-845-1
定　　价　56.00元